I0582579

HORA DE BRUXARIA

UM MISTÉRIO DAS BRUXAS DE WESTWICK

COLLEEN CROSS

Traduzido por
CHRISTIANE JOST

Hora de Bruxaria

Um Mistério das Bruxas de Westwick

Copyright © 2022 de Colleen Cross, Colleen Tompkins

Todos os direitos reservados. Nenhuma parte desta publicação pode ser reproduzida, armazenada em um sistema de recuperação ou transmitida de qualquer forma ou por qualquer meio — eletrônico, mecânico, de gravação ou de outro tipo — sem o consentimento prévio por escrito do detentor dos direitos autorais e da editora. A digitalização, a transferência e a distribuição deste livro via internet ou qualquer outro meio sem a permissão da editora são ilegais e puníveis pela lei.

Compre apenas edições eletrônicas autorizadas e não participe nem encoraje a pirataria eletrônica de materiais com direitos autorais. Seu apoio aos direitos da autora é apreciado.

Este é um trabalho de ficção. Nomes, personagens, locais e incidentes são produto da imaginação da autora ou usados de forma fictícia. Qualquer semelhança com pessoas reais, vivas ou mortas, estabelecimentos comerciais, eventos ou locais é inteiramente coincidência.

ISBN: capa Comum 978-1-77866-035-1

ISBN Capa dura 978-1-77866-036-8

ISBN ebook 978-1-77866-034-4

Publicado por Slice Publishing

HORA DE BRUXARIA

Merlot, Magia e Morte...

O Festival do Vinho anual de Westwick Corners é um momento para estourar rolhas e, espera Cen, o momento em que Tyler finalmente a pedirá em casamento. Mas, quando uma das pessoas no festival aparece morta, fica claro que não se mistura merlot, magia e morte!

Hora de Bruxaria é o 5º livro da série de Mistérios Paranormais das Bruxas de Westwick. Todos os livros podem ser lidos de forma independente, mas você gostará mais deles se começar com o primeiro livro, *Que Bruxaria é Essa?*.

CAPÍTULO 1

*E*ra um dia incomumente frio, mesmo para outubro. Eu estava enfurnada no meu escritório em uma tarde de sexta-feira. O aquecedor da sala estava ligado no máximo, quase como se eu estivesse em uma ilha tropical, bebendo piñas coladas embaixo de um guarda-sol. Na verdade, eu corria para terminar um trabalho no prazo. Mas a edição feita às pressas da minha história de destaque no Festival do Vinho anual de Westwick Corners que se aproximava não ia nada bem. Meu cérebro não parava de fugir para a terra da piña colada e eu não estava conseguindo trabalhar muito.

Eu era a rainha da procrastinação, o que era o motivo de estar presa no escritório sujo do andar superior de um prédio de cem anos. Piso de madeira e encanação barulhentos, e todo tipo de barulho misterioso, eram as únicas coisas que me faziam companhia. Era meio estranho trabalhar ali sozinha.

Eu não almoçara e estava com dificuldades em me concentrar com o estômago roncando, portanto, decidi sair para pegar algo para comer antes que a cafeteria ali perto fechasse. Tinha acabado de pegar o casaco quando a porta do escritório bateu, fazendo com que eu parasse. Eu não estava esperando ninguém.

Uma bancada separava meu escritório do resto do andar. A parte de cima era de vidro fosco. Era uma atualização dos anos 1940 que eu planejara mudar em algum momento, mas passara a gostar dela. Ela fazia eu me lembrar de uma agência de detetives de Sam Spade.

O *The Westwick Corners Weekly* não era exatamente jornalismo de ponta, portanto, eu nunca tivera que me preocupar com perseguidores nem outras loucuras. Até agora, pelo visto, porque havia um intruso não identificado logo do outro lado da bancada.

Eu não trancava portas. Não gostando muito do risco, eu desejei que trancasse, mas era simplesmente algo que não se fazia em Westwick Corners. Cidades pequenas tinham outros tipos de pressão de grupo.

O movimento de entrada era basicamente zero, especialmente àquela hora do dia, portanto, quem poderia estar no escritório? Eu vira algumas pessoas na cidade recentemente. De repente, fiquei nervosa com aquele visitante inesperado. Reprimi a vontade de perguntar quem era e, em vez disso, troquei o casaco por uma vassoura do armário de limpeza. O elemento surpresa me daria alguma vantagem.

Andei na ponta dos pés até a porta que levava ao escritório e esperei.

De repente, uma sombra escureceu o vidro fosco. Uma sombra enorme!

Em seguida, a porta abriu.

Um ataque surpresa era minha única chance. Fiz um movimento rápido e forte com a vassoura.

— Cen! O que é isso...?!

— Ah, minha nossa, Tyler! Você está bem? — Abaixei a vassoura.

O delegado, meu lindo namorado, agachou sobre uma perna no portal da porta com um braço por cima da cabeça em posição de defesa. — Não foi assim que imaginei.

— Imaginou o quê? Você poderia ter anunciado que chegou. — Meu rosto corou quando comecei a sonhar acordada de novo. Tyler e eu estávamos em uma praia no Pacífico Sul. Ele estava ajoelhado em uma perna, pedindo-me em casamento. Ele abriu a caixa do anel e...

Tyler olhou para cima em minha direção com os olhos castanhos acolhedores. — Cen, moramos em uma cidade segura. Você sabe que eu a protegerei. Relaxe...

Eu sempre me sentira segura nos braços dele e, mesmo assim, poderia tê-lo machucado se tivesse batido com mais força. Coloquei a vassoura no chão.

Foi quando notei a sacola de papel marrom na mão dele, quase camuflada no uniforme de delegado. O conteúdo da sacola tinha cheiro de *muffin* de banana.

— Isso é...?

— Sim, seus *muffins* preferidos. — Tyler se levantou e ofereceu-me um. — Você sabe que namorar um policial não lhe dá o direito de usar força bruta, não é?

Coloquei a mão dentro da sacola e peguei um *muffin* ainda morno. — Eu sei, desculpe... Eu só... argh. É que esse prédio é um pouco assustador agora que sou a única aqui. — Aquele prédio já fora recheado de advogados, contadores e outros profissionais. Nossa cidade quase fantasma já vira dias melhores. A maioria das pessoas trabalhava e ia às compras em Shady Creek, a uma hora de distância. Na verdade, era onde a maioria delas estava naquela sexta-feira à tarde.

Tyler se inclinou, beijando-me. — Sei que você tem um prazo e tal, mas parece meio nervosa. Você conhece todo mundo na cidade. Do que tem tanto medo?

Dei uma mordida no *muffin*, incapaz de me conter. — Ninguém, eu acho. Só estou com uma sensação estranha de que... Não sei. Talvez eu tenha bebido café demais, sei lá.

— Talvez. — Tyler sorriu. — Enfim, queria saber se você tem planos para hoje à noite.

— Ah... Só com você. Por que está perguntando? Sempre passamos as sextas à noite juntos. — Passáramos praticamente todos os finais de semana juntos por mais de um ano sem de fato marcar alguma coisa. A gente só sabia. Pelo menos, era o que eu achava. Então, por que, de repente, ele estava me perguntando aquilo?

— É só que... hã... quero que hoje à noite seja especial. Uma noite sem ficar mexendo no computador, sem compromisso algum. Consegue fazer isso?

— É claro. Que horas? — Eu me senti pressionada pela importância de terminar minhas edições e, depois, lidar com qualquer catástrofe que estivesse me esperando no hotel da minha família. Além disso, eu prometera ao meu vizinho que o ajudaria a se preparar para a apresentação de vinhos...

— Pode ser às oito? Tenho um caso que preciso finalizar.

— Está perfeito. — Estava longe de perfeito, mas eu daria um jeito. — O que vamos fazer?

— É surpresa — disse Tyler. — Espero que você goste.

* * *

EU NÃO CONSEGUI PENSAR em mais nada além da surpresa de Tyler pelo resto da tarde. Ainda bem que eu não o matara com a vassoura.

Consegui terminar meu artigo e finalizei o trabalho às quatro da tarde.

Saí para a Rua Principal. Não havia uma alma viva à vista. Alguns carros estavam estacionados pelos dois quarteirões que eram considerados o centro de Westwick Corners.

Coloquei a última edição do jornal *Westwick Corners Weekly* embaixo do braço e arrumei a gola do casaco para me proteger da brisa fresca. Estava incomumente frio, mesmo para outubro, e o vento fez as folhas rodopiarem à minha volta enquanto eu andava até o carro. Tyler tinha razão: Westwick Corners era uma cidade segura. Por outro lado, eu me sentiria melhor se houvesse mais gente por perto.

Meu artigo em destaque sobre o Festival do Vinho de Westwick Corners daquele final de semana passou pela minha cabeça. O festival anual era uma das minhas maiores edições porque as adegas sempre compravam mais publicidade antes do festival; um dinheiro de que eu precisava desesperadamente.

Eu tivera que comprar o pequeno jornal da comunidade anos antes do antigo dono, que se aposentara, basicamente comprando um

4

trabalho para que pudesse ficar na minha cidade natal. Como única funcionária, eu cuidava de tudo: reportagens, fotografias, publicidade e circulação. Praticamente não se pagava, mas era uma das poucas formas de viver naquela cidade pitoresca, que aos poucos era revitalizada depois de décadas de negligência.

Também pensei sobre a surpresa de Tyler. Um namorado fazer uma surpresa para a namorada limitava as possibilidades. O que poderia ser? Um pedido de casamento? Eu sempre achara estranho que o homem tinha que decidir onde e quando aquilo aconteceria. Ao mesmo tempo, eu estava animada porque já sabia havia algum tempo que queria passar o resto da vida com ele.

Finalmente cheguei ao meu Honda CRV com cara de abandonado, estacionado alguns metros descendo a rua. Peguei as chaves do bolso e destranquei a porta. Apesar de querer dirigir para casa e aconchegar-me à frente da lareira enorme no hotel da minha família, Westwick Corners Inn, isso teria que esperar. Eu já tinha me comprometido a ajudar um vizinho.

Antônio Lombard era um vinicultor de segunda geração que tivera problemas em tempos de dificuldade. Os problemas dele tinham ficado óbvios quando eu o entrevistara para o jornal. Eu estava escrevendo um dos vários artigos que fazia todos os anos antes do festival de vinho que atraía vários produtores de vinhos de todo o estado, incluindo alguns poucos vinicultores locais. Os artigos apresentavam adegas locais, seus vinhos mais recentes e os vinicultores que os produziam.

Ao entrevistar cada concorrente para saber mais sobre o vinho deles, a conversa geralmente acabava em fofocas sobre a competição, cuja maior parte eu imprimia. Os locais devoravam as histórias e normalmente escolhiam os preferidos com base em detalhes mais indecentes, e havia muitos, e não nos próprios vinhos.

Os concorrentes disputavam um número de prêmios e havia muita coisa em jogo. Ganhar significava mais do que poder se gabar. Também garantia mais vendas com mais publicidade e reconhecimento. Os melhores vinhos também atraíam atenção de compradores regionais e nacionais, o que poderia aumentar drasticamente as vendas e o lucro. Resumindo: poderia realizar ou acabar com o sucesso do negócio.

Tudo aquilo parecia ter finalmente acabado com Antônio Lombard, que, com o irmão José, operava a empresa Vinhos Lombard no final da rua, perto de onde eu e minha família, às vezes bruxas, às vezes donas de um hotel, morávamos. Recentemente, nós também operávamos uma adega graças aos cuidados da Mamãe e da supervisão e da orientação de Antônio. A minha ajuda era mais do que solidariedade entre vizinhos. Nós realmente devíamos muito a ele.

Seria fácil achar que, só porque eu era uma bruxa, poderia lançar um feitiço para acabar com os problemas de Antônio, mas havia regras estritas sobre interferir na vida de outras pessoas. Eu seguia as regras. Não mentia, trapaceava nem usava a bruxaria de forma frívola. Tudo bem, podia admitir que trapaceava em dietas, mas, em se tratando de bruxaria, sempre seguia as regras da Associação Internacional de Bruxas ao pé da letra. Quebrar as regras da WICCA poderia me custar minha licença. Eu nunca arriscaria perder algo que fora tão difícil de conquistar.

Ao me sentar no banco do motorista e colocar o cinto de segurança, ponderei se já era tarde demais para ajudar Antônio. Tudo fora muito caótico no dia anterior quando eu o entrevistara. Antônio mal fazia sentido. Eu já o entrevistara tantas vezes que ele poderia fazer aquilo dormindo. A adega estava em completa desordem, com garrafas vazias e caixas para todos os lados. Pior ainda, ele ainda não engarrafara os vinhos para o festival no dia seguinte! Era bem óbvio que meu vizinho estava com muitos problemas.

Apesar de tudo, eu conseguira escrever o artigo sobre os Vinhos Lombard com algumas frases e fotos do artigo do ano anterior. Eu mudara alguns detalhes e fora vaga sobre os vinhos no concurso naquele ano e os acontecimentos mais recentes na adega.

Na verdade, *nada* estava acontecendo porque Antônio estava preso em algum tipo de paralisia mental.

Como eu era a repórter, a editora e cuidava da publicação do meu jornal de uma única pessoa, podia tomar algumas liberdades com os fatos. Além disso, como Tia Pearl gostava de dizer, ninguém lia mesmo meu jornal. As pessoas só queriam os cupons e folhetos que tinham nele.

Eu precisava fazer algo para ajudar Antônio. Talvez pudesse recuperar vinho suficiente para garantir que os Vinhos Lombard pelo menos participassem do festival. Eu tinha acabado de girar a chave na ignição quando mãos geladas agarraram meus ombros por trás.

CAPÍTULO 2

— *S*ocorro! — gritei, mas minha voz saiu rouca.

Ninguém me escutaria naquela rua deserta. Aquilo era um roubo de carro, sequestro ou os dois? Eu sempre me sentira segura em Westwick Corners.

Até aquele momento.

— Cale a boca e dirija — a voz sussurrou. O aperto no meu pescoço afrouxou um pouco.

Era difícil dizer só com um sussurro, mas a voz parecia estranhamente familiar. Apesar de minhas mãos tremerem, consegui passar a marcha do carro. Mantive o pé no freio e meu cérebro foi a mil, pensando em uma forma de sair daquela situação.

Eu deveria tentar lutar contra o atacante? Buzinar? Eu nunca fora feita refém antes. Enrolei um pouco mais, tentando pensar no que fazer.

— Pelo amor de Deus, Cendrine! Você realmente precisa olhar duas vezes?

Suspirei aliviada ao sentir os dedos magros no meu pescoço. Tia Pearl só me chamava pelo nome completo quando estava brava comigo. Eu não fazia ideia do que tinha feito para deixá-la assim.

Provavelmente nada.

— Como você entrou no meu carro? — perguntei.

— Não aja como se estivesse surpresa. Afinal, sou uma bruxa. E você está atrasada, como sempre. Estou aqui congelando à sua espera há quase uma hora. Por que demorou tanto?

— Eu tinha que terminar um trabalho. Nós não marcamos nada, marcamos? Por que invadiu meu carro? Espero que você não tenha estragado a...

— Pare de me interrogar, Cen. Temos um trabalho a fazer e ele não se resolverá sozinho.

— Não sei do que está falando, Tia Pearl. Já tenho planos.

— Não tem nada, não com aquele seu namorado delegado. Você sabe que ele não está trabalhando até tarde no escritório como disse, não é?

— Pare de tentar causar confusão. Que pena que você não gosta dele. Ele não vai a lugar algum.

— Ah, eu sei onde ele está, Cen. — Tia Pearl colocou um dedo nos lábios. — Não me pergunte porque não posso contar. Jurei que guardaria segredo.

Eu não daria a ela a satisfação de perguntar. — Enfim, estou a caminho do Vinhos Lombard para ajudar Antônio a engarrafar o vinho para amanhã.

— Não faça parecer que salvar Antônio foi ideia sua. Você sabe que é por isso que estou aqui.

— Hã... Não... eu não sabia.

— Você sempre fica com o crédito por tudo. Coloque essa lata-velha para andar e vamos.

Tia Pearl agora estava sentada ao meu lado, no banco do passageiro, parecendo maior do que o normal com a jaqueta acolchoada. Por baixo, ela vestia um conjunto de veludo roxo e usava tênis de corrida nos pés. Ela olhou diretamente para frente.

Eu não me lembrava de ela ter ido para o banco da frente, portanto, suspeitei de que tinha lançado um feitiço em mim. Aquela era uma violação descarada das regras da WICCA, mas Tia Pearl não ligava nem um pouco.

Eu também tinha certeza de que a ideia de ajudar Antônio era minha, mas decidi que não valia a pena discutir por isso.

Suspirei. — Não estou levando o crédito por nada, Tia Pearl. Estou feliz por nós duas estarmos indo ajudar Antônio. Isso deverá acelerar as coisas.

* * *

Dez minutos depois, estávamos na Vinhos Lombard, congelando no prédio cavernoso enorme que funcionava como uma sala de degustação e uma adega completamente funcional. O aquecimento fora desligado e estava tão frio que minha respiração formava nuvens de vapor enquanto eu falava.

A adega parecia estar em um estado pior do que no dia anterior, quando eu a visitara. Barris virados e embalagens de vinho empilhadas estavam espalhados por toda a sala de degustação, alguns deles bloqueando os corredores que levavam às cubas enormes de aço inoxidável da adega. Rastros de pegadas de lama marcavam o chão de cimento polido. As pegadas iam da entrada até a parte de trás do prédio, onde escadas desciam para a adega no porão.

Toda a cena era caótica, o oposto completo da adaga normalmente impecável.

Estremeci. Parecia ainda mais frio dentro da adega do que fora. Antônio provavelmente desligara o aquecimento para economizar dinheiro.

As luzes ainda brilhavam acima da nossa cabeça, então, pelo menos a energia não fora cortada. Suspeitei de que isso não demoraria muito.

Antônio Lombard estava sentado de costas para nós no banco alto no bar de degustação de vinho. Os ombros dele estavam caídos e os cotovelos apoiados no bar.

— Antônio! Levante essa bunda daí! — ecoou a voz de Tia Pearl na sala cavernosa.

Antônio deu um pulo na cadeira e virou-se. — O que você quer?

A barba dele estava por fazer e o cabelo parecia ter ficado grisalho da noite para o dia. Em vez da camisa de golfe usual e das calças cáqui, ele usava uma camiseta branca velha toda manchada de vinho com calça *jeans* rasgada nos joelhos e a barra desfiada. Nos pés, havia chinelos em vez de sapatos. Ele parecia tão negligenciado quanto a adega. Eu nunca o vira assim.

— Hã... Íamos engarrafar o vinho, lembra? — A julgar pelo estado da adega, ele não lembrava. — Diga-nos o que fazer.

Tia Pearl bateu o pé impacientemente. — Não tenho o dia inteiro, Antônio. Quer nossa ajuda ou não?

Ou Antônio não nos ouvira ou fingira não ouvir. O olhar dele se perdeu no nada.

— Isto é ridículo! Você me arrastou até aqui para ele nos ignorar. — Tia Pearl bateu o pé impacientemente. — Tempo é dinheiro, Cen.

— Eu não a arrastei até aqui. Você invadiu meu carro, lembra? — Eu já tinha me arrependido de tê-la deixado vir comigo. — Podemos nos concentrar em Antônio em vez de discutir?

— Você sempre precisa ter a palavra final — reclamou Tia Pearl baixinho.

Pressionei um dedo nos lábios e falei baixinho: — Antônio está estranho, Tia Pearl. Eu nunca o vi assim. Ele está distraído, deprimido ou... sei lá. Tem alguma coisa errada que não sei bem o que é.

Tia Pearl riu. — Alguma coisa errada? Você é o máximo. Demorou um pouco para que notasse que Antônio enlouqueceu completamente.

Esperamos que Antônio se organizasse por quase uma hora, mas a atenção dele estava em outro lugar. Ele pegou uma amostra de vinho de uma das cubas de aço inoxidável e deixou a taça intocada. Os lábios dele formavam palavras sem som. Ele correu das cubas para a sala de engarrafamento e, logo em seguida, deu meia-volta como se tivesse esquecido de outra tarefa. Ele correu para o porão. Um minuto depois, voltou de mãos vazias. Depois, repetiu todo o processo.

Eu queria ajudá-lo, mas ele não estava facilitando. Ele trabalhara tanto para manter o negócio da família, Vinhos Lombard, nos anos anteriores e, ainda assim, tinha o maior azar que eu já vira. Ele parecia completamente sobrecarregado. Estava preso em um ciclo.

Nós também estávamos presas. Eu era uma bruxa, não psicóloga. Eu queria ajudar, mas não sabia o que fazer.

A voz aguda de Tia Pearl perfurou o silêncio. — Antônio! Pare com essa loucura! O que diabos há de errado com você? Recomponha-se!

As mãos de Antônio subiram para a cabeça. Ele tampou os ouvidos para abafar a voz de Tia Pearl. Devagar, ele balançou para frente e para trás, sussurrando a palavra não para algum inimigo invisível. — Estou tentando pensar... mas... é tudo tão opressor.

Tia Pearl marchou pela sala até Antônio antes que eu tivesse a chance de impedi-la.

Ela o encarou e segurou os antebraços dele com as mãos magras. Em seguida, balançou-o e gritou na cara dele. — Ei! Acorde!

Corri para acabar com o que quer que estivesse prestes a acontecer. — Não acho que...

— Não se meta, Cendrine — rosnou Tia Pearl. — Sei o que estou fazendo.

Tia Pearl estava prestes a perder a calma e Antônio já estava passando por coisas demais. Só tínhamos um objetivo, que era engarrafar o vinho dele para o festival.

Engarrafar o vinho na última hora não era a melhor coisa, mas era nossa única opção. Sem garrafas, rolhas e rótulos, era basicamente impossível organizar tudo, mesmo para uma bruxa. Teoricamente, eu poderia conjurar essas coisas, mas bruxaria para lucro era terminantemente proibido, mesmo que fosse para o lucro de outra pessoa.

A Vinhos Lombard operava em Westwick Corners havia gerações. E tudo estava em risco porque Antônio Lombard estava enlouquecendo. Eu temia que a adega dele acabasse falindo ou quebrando.

Eu ainda não sabia exatamente quais eram os problemas de Antônio. A colheita das uvas daquele ano tinha sido excelente e Antônio era um vinicultor excepcional, portanto, um grande trabalho de amassar as uvas, fermentar e clarificar o suco nas cubas enormes tinha que ser feito. Mas, para isso, o vinho do ano anterior precisava ser retirado das cubas e engarrafado. Esta tarefa ainda nem tinha sido iniciada e era desse vinho que precisávamos para o festival.

O vinho Lombard não se engarrafaria sozinho. O futuro de Antônio dependia de uma boa apresentação no Festival do Vinho anual de Westwick Corners. O futuro dele também dependia de Tia

Pearl soltar os braços dele, que estavam ficando brancos com a falta de circulação.

Antônio estava com uma expressão de dor, mas não hesitou. Ele sabia que qualquer sinal de fraqueza só faria com que ela piorasse. Ele tinha o dobro do tamanho de Tia Pearl, que pesava por volta de cinquenta quilos, mas, assim como todos nós, morria de medo dela.

— Tia Pearl! Você está machucando Antônio! — Eu me aproximei deles e, lentamente, tirei as mãos de Tia Pearl dos braços dele. Eu provavelmente deveria tê-la chutado do meu carro depois que tentou me estrangular. Tirando o fato de que quase me matara do coração, ela estava retardando as coisas. Sem dúvidas, havia uma razão ulterior para estar ali.

Mantive a voz calma. — Vamos fazer as coisas juntos. Primeiro, o mais importante: onde ficam as garrafas?

Antônio suspirou e abaixou-se na cadeira, apontando para algumas caixas atrás da mesa de engarrafamento onde Tia Pearl e eu estávamos. — Ali.

Tia Pearl puxou as caixas, verificando uma por uma. — Não há garrafas aqui, Antônio. Essas caixas estão todas vazias.

Antônio franziu as sobrancelhas. — Que estranho. Parece que todas as minhas garrafas sumiram misteriosamente.

— Você implorou para que o ajudássemos, mas não se deu nem ao trabalho de ver se tinha tudo? — Tia Pearl jogou as mãos para cima. — Elas não desapareceram sozinhas. Admita, Tony. Você se esqueceu de comprá-las.

Antônio odiava ser chamado de Tony. Tia Pearl estava provocando-o de propósito.

— Acho que há mais garrafas lá embaixo, no porão — disse ele.

— Tudo bem, vou lá ver. — Tia Pearl andou em direção à escada que levava ao porão da adega.

Antônio se levantou da cadeira. — Eu vou. Você não vai conseguir entrar. O porão tem uma trava biométrica. A única forma de abrir é com a minha digital.

— Uuuh... Que chique — disse Tia Pearl de forma zombeteira. —

Foi com isso que você gastou seu dinheiro, em vez de comprar garrafas?

Antônio a ignorou e andou para os fundos do prédio, onde uma escada de ferro forjado em espiral levava ao porão da adega.

— Tenho que ver isso. — Fui andando atrás de Tia Pearl enquanto descíamos os degraus que levavam a uma porta pesada de aço no porão. Um grande barril de carvalho fora colocado perto da porta, deixando espaço apenas para Antônio. Tia Pearl e eu esperamos sobre os últimos degraus enquanto Antônio destrancava a porta.

Acima da maçaneta, havia uma trava chique com um teclado e um quadrado de vidro. Parecia bem nova e eu não me lembrava de tê-la visto antes. Fazia um ano que eu fora ao porão pela última vez.

Antônio apertou várias teclas no teclado numérico antes de pressionar o dedo indicador no vidro. A trava fez um som de clique ao destravar. Antônio girou a maçaneta e abriu a porta.

— Tenho que inserir a senha de segurança primeiro. Depois, o digitalizador biométrico lê a minha digital. Deveria piscar com uma luz verde, mas ela queimou — comentou ele. Ele entrou no porão grande e fez um gesto para que o seguíssemos.

Tia Pearl parou na porta para estudar o mecanismo da trava. — Já quebrou?

— O técnico virá na segunda-feira para trocar a lâmpada. A porta ainda funciona normalmente, foi só a luz. Não é legal? Só funciona com o código de segurança e minha digital. É antirroubo.

— A gente não precisa dessa segurança toda em Westwick Corners — disse eu.

— Não sei não, Cen. Ultimamente, algumas coisas andaram sumindo. Coisas pequenas, como uma garrafa de vinho aqui e outra ali, e, de vez em quando, algumas ferramentas. Eu me sinto melhor tendo colocado uma trava nos vinhos. É impossível passar por ela.

Tia Pearl levantou as sobrancelhas. — Ah, é? Aposto que consigo. Dê-me o manual de instruções e decodificarei essa coisa rapidinho. Sou bem boa com tecnologias, Antônio. Eu inclusive conseguiria arrumar essa luz em um pulo. Se já não estivesse aposentada, estaria trabalhando com isso. Empresas me pagariam milhões para identificar todas as vulnerabilidades dos sistemas delas.

Antônio riu. — Desculpe, Pearl, não sei o que fiz com o manual de instruções. Espero que o instalador deixe outra cópia comigo quando vier.

— Concentre-se, Tia Pearl — sussurrei. — Não temos tempo para distrações. Nem bruxarias.

Tia Pearl fez uma careta. — Gastarei meu tempo da forma como eu quiser. Ah, e mais uma coisa... Não recebo ordens de jovens bruxas!

Por sorte, Antônio estava a alguns metros e não ouviu. Ele se ajoelhou perto de uma caixa de vinho, tentando ler o que estava escrito na caixa.

O ar no porão da adega era frio, úmido e pesado. Ela fora modelada como as adegas subterrâneas na França, com paredes de pedras arqueadas e uma atmosfera cavernosa. Era uma sensação do mundo antigo, mas só estava ali havia alguns anos. A adega subterrânea fora escavada e construída ao mesmo tempo em que o prédio. Tudo deveria ter sido bem caro, pelo menos alguns anos do lucro da vinícola. Fora provavelmente ali que os problemas financeiros da Vinhos Lombard começaram. O negócio da família Lombard simplesmente não era de larga escala o suficiente para justificar um prédio tão grande. Prateleiras do chão ao teto se estendiam em ambas as direções, construídas para aguentar barris de carvalho onde o vinho era envelhecido. No ano anterior, elas estavam cheias. Agora, a maior parte estava vazia.

— Bem maneiro. — Tia Pearl analisou as prateleiras vazias da adega. — Exceto pelo fato de que não há nada aqui que valha a pena ser trancado.

— Nem mesmo as garrafas vazias de que precisamos. — Meu coração afundou ao analisar a sala. — Cadê elas, Antônio?

Ele deu de ombros. — Como eu disse, as coisas estão sempre sumindo por aqui.

.   .   .

Peguei meu celular para ligar para Mamãe, mas o sinal era fraco no porão. Subi novamente e liguei para ela, contando tudo o que acontecera.

— Pode pegar o que Antônio precisar. Tenho caixas e mais caixas de garrafas extras. Eu nem teria um vinhedo se não fosse pela ajuda de Antônio há alguns anos. Diga a ele que pode ficar com o que precisar — disse Mamãe.

— Obrigada, Mamãe. Estarei aí daqui a pouco.

— Não!

Fiquei confusa. — Quê? Por que não posso...

Houve uma longa pausa do outro lado do telefone. — Agora não é uma boa hora, Cen. E-e-eu explico depois, mas não venha para cá agora. Mande Pearl.

— Tudo bem, mas...

Mamãe já tinha desligado. Ela estava agindo de forma muito estranha e eu não sabia por quê.

Toda a cidade estava enlouquecendo ou era impressão minha?

CAPÍTULO 3

ntônio sempre fora o primeiro a engarrafar o vinho em todas as temporadas. Ele era detalhista ao ponto de ser obsessivo-compulsivo e sua adega era sempre impecável. Mas isso em tempos normais. Agora, tudo estava diferente.

Westwick Corners era o lar de apenas algumas centenas de pessoas, portanto, era difícil não notar um vizinho com problemas. Nós sempre nos ajudávamos, tanto por motivos egoístas quanto altruístas. Altruístas porque, em uma cidade pequena, os vizinhos sempre contam uns com os outros. E egoístas porque, quando uma engrenagem quebra, toda a máquina para de funcionar. Sem negócios de sucesso, nossa cidade logo desapareceria. Os problemas dos nossos vizinhos eventualmente seriam nossos e vice-versa.

Voltei para o porão, mas meu otimismo logo diminuiu quando vi que Antônio cambaleava.

— Não estou me sentindo muito bem — disse Antônio ao colocar a mão em um barril para se apoiar. — Estou tonto. Talvez eu tenha pegado pesado demais.

Tia Pearl fez uma careta. — Até onde consigo ver, você não fez absolutamente nada.

Eu a encarei friamente antes de me virar novamente para Antônio.

— Acho que é a ventilação — disse eu. — O ar é meio pesado aqui. Vamos voltar lá para cima. — Fiz um movimento para que Tia Pearl fosse na minha frente. Eu a segui e parei na metade da escada para esperar Antônio fechar e trancar a adega. A porta fez um ruído ao trancar automaticamente. Antônio conferiu a maçaneta e veio atrás de nós.

Ao subir, achei a precaução de segurança dele um pouco exagerada. Afinal, só estávamos subindo a escada. Não íamos sair do prédio.

Ao chegar ao andar de cima, guiei Antônio até um banco no bar de degustação de vinho e fiz um movimento para que se sentasse. — Vamos resolver isso. Mamãe disse que você pode pegar algumas garrafas emprestadas.

Antônio deu de ombros. — Vale a pena tentar, eu acho.

Tia Pearl pigarreou. Ela parou ao lado da cuba de vinho que Antônio abandonara minutos antes e segurou uma taça contra a luz. — Aham. Não dá para engarrafar essa coisa. O que é esse negócio boiando aqui dentro? Parece água de esgoto.

Tia Pearl tinha razão. O vinho nas cubas deveria estar pronto para o engarrafamento, fermentado, envelhecido e clarificado. Um vinho não finalizado, não filtrado e não envelhecido nunca deveria ter ido para a cuba. Certamente não poderíamos levar aquele vinho para o festival. Antônio enlouquecera?

O Antônio que eu conhecia teria pulado e tido um ataque. Em vez disso, ele girou um pouco o banco e apontou. Em seguida, falou com a voz sem emoção: — Não, esse não. Não está pronto ainda. É a cuba ao lado. O *meritage.*

— O *meritage?* Tem certeza? — Embora eu pessoalmente gostasse do *meritage* Lombard, não era exatamente um tipo muito popular em festivais. A maioria das pessoas gostava de um tinto encorpado. A escolha de Antônio era autossabotagem. Praticamente ninguém compraria o *meritage* dele e ele sabia disso. — Seu *syrah* é o melhor e o *cabernet sauvignon* sempre faz sucesso. Por que não escolher um desses dois?

Antônio franziu a sobrancelha. — Eu me lembro vagamente de ter engarrafado alguns *cabernet.* Onde será que coloquei?

— Que tipo de operação horrível é essa? Você não mantém nenhum tipo de registro? — resmungou Tia Pearl. — Não se lembra... Credo!

— Tenho certeza de que consigo encontrar. — Observei o grande depósito e parei nas prateleiras que iam do chão ao teto, onde ficavam os barris dos vinhos Lombard. Normalmente, as prateleiras ficavam cheias de barris de carvalho perfeitamente alinhados e cheios de vinho. Cada barril estaria perfeitamente rotulado com um logotipo da Vinhos Lombard. Normalmente, Antônio mantinha uma seção para cada vinho: *merlot, meritage, cabernet sauvignon, pinot noir* e *syrah*, com os vinhos mais antigos nas prateleiras inferiores por causa do acesso mais fácil.

Agora, as prateleiras tinham buracos com barris jogados de qualquer jeito em qualquer uma das duas prateleiras inferiores. As três prateleiras de cima estavam completamente vazias. Pelo jeito, nenhum vinho estava sendo feito havia algum tempo. Eu me aproximei para ler os rótulos e engasguei. *Pinot noir, syrah, meritage...* não estavam nem em ordem alfabética!

Mas o vinho nos barris não era minha preocupação no momento, já que ainda estava envelhecendo e não estava pronto para ser engarrafado. Jurei que encontraria um vinho que desse para engarrafar.

Olhei rapidamente para Antônio ao andar até o bar, parei atrás da bancada e peguei uma taça de vinho. Ele estava com o olhar perdido e não parecia ver o que eu estava fazendo. Andei até o outro lado da adega, passei pela entrada do porão com a taça de vinho na mão e fui em direção aos tanques enormes de alumínio que continham o vinho pronto para ser engarrafado. Se fosse preciso experimentar o vinho de cada um dos tanques para encontrar algo decente, então era o que eu faria. Não havia outra forma.

Parei perto da primeira cuba e coloquei a taça sob a torneira. Era um *cabernet sauvignon*. Abri a torneira e esperei o vinho sair.

Mas ele não saiu.

Nem uma gota para indicar um uso recente. A cuba estava totalmente seca.

Tentei a cuba seguinte. Nada de vinho também. Obtive o mesmo resultado com todas as cubas alinhadas. Não havia *cabernet sauvignon*, *cabernet franc* nem nenhum tipo de *cabernet*. Uma sensação horrível cresceu no meu peito, mesmo que eu pessoalmente não tivesse nada em jogo. Eu sabia o quanto Antônio trabalhara ao longo dos anos para transformar a adega em um sucesso. Mesmo assim, nenhum vinho estava sendo preparado havia algum tempo. Senti uma pontada de culpa.

Como eu não notara aquilo antes?

Uma adega enorme sem vinho algum!

Eu estava pronta para desistir quando abri a torneira da última cuba. Para a minha surpresa, vinho tinto começou a sair e quase transbordou minha taça antes que eu fechasse rapidamente a torneira. Dei um gole generoso e senti o gosto suave de um vinho tinto bem encorpado. Eu não era especialista, mas tinha quase certeza de que era um *syrah*... e um bem gostoso. Só precisávamos do suficiente para engarrafar para o festival e para a competição. Eu tinha quase certeza de que havia o suficiente.

Suspirei, recompondo-me, e andei de volta até o bar. O futuro de Antônio dependia daquilo. Minha mão tremeu um pouco ao entregar a taça para ele. — Acho que é um *syrah*. O que você acha?

Antônio levantou a taça contra a luz, estudando-a por um momento, antes de levá-la aos lábios e dar um grande gole. Ele engoliu e deu um suspiro satisfeito. — Ahh... o *syrah* de 2016. Este servirá bem.

— Ótimo. Tia Pearl, vá para casa e pegue as garrafas de Mamãe. — Joguei a chave do meu carro para ela, aliviada por Antônio parecer ter voltado ao seu juízo de alguma forma.

— Sim, chefe — resmungou Tia Pearl, fazendo uma saudação zombeteira, mas saindo do prédio.

Eu precisava de alguns minutos com Antônio para entender o que havia de errado. E eu só conseguiria fazer isso sem a interferência de Tia Pearl.

Esperei até ouvir o barulho dos pneus do carro enquanto Tia Pearl saía da vaga onde estava estacionado. Virei-me para Antônio.

— Onde está José? — O irmão mais novo de Antônio geralmente

estava viajando a negócios e nunca era visto quando havia trabalho a ser feito. Supostamente, ele lidava com vendas, marketing e qualquer outra coisa que não envolvesse uvas ou vinho. Minha suspeita era de que ele escolhera as atividades que o manteriam longe da adega e do irmão perfeccionista.

Como as vendas estavam fracas ultimamente e pouquíssimos novos negócios surgiam das frequentes viagens dele, eu também suspeitava que os boatos sobre a vida de *playboy* eram reais.

Antônio deu de ombros. — José deveria estar fazendo uma entrega de um caminhão de pedidos para os clientes. Ele não é muito confiável, mas é só o que consegue fazer. Ele acaba com tudo que toca.

— Pensei que ele trabalhasse com vendas — comentei.

Antônio riu. — Ele é um péssimo vendedor, apesar de não investir muito tempo nisso. Ele não quer se preocupar com nada do negócio e espera que eu faça todo o trabalho. Ele é o pior sócio do mundo. Meu sonho era comprar a parte dele para que fosse embora.

— Você deveria fazer isso. — Os irmãos eram extremos opostos. José se achava o maioral e era preguiçoso. Antônio era modesto e diligente. Ele também costumava ser feliz. Mas, no momento, não era nenhuma dessas coisas.

— Não tenho como comprar a parte dele, Cen. Nossas vendas estão tão fracas que não consigo nem pagar as contas. Comprar a parte de José está fora de questão. Além do mais, acho que ele não me deixaria fazer isso.

— Tenho certeza de que o festival do vinho mudará as coisas. — Eu duvidava daquilo, mas queria soar encorajadora.

— Eu duvido. Ano passado foi um desastre total. Eu desisti de tentar. — Antônio pegou caixas de vinho vazias da Vinhos Lombard, empilhando-as perto da parede na parte de trás do prédio.

Olhei em volta da adega bagunçada enquanto procurava respostas.

— Tenho algumas ideias... mas, antes, vamos limpar e organizar tudo para engarrafar o vinho. — Andei até a mesa de engarrafamento e inspecionei o equipamento. Pelo menos, a área de engarrafamento estava organizada. Estava empoeirada, como se não tivesse sido usada em semanas.

Como nós, a família de Antônio morava em Westwick Corners havia gerações. Os irmãos haviam herdado a Vinhos Lombard e a vinícola depois do falecimento dos pais. A adega fora renomada pelo vinho de qualidade, mas especialmente nos anos recentes, já que Antônio aperfeiçoara as habilidades de criação de vinhos. Algo mudara recentemente e precisávamos que voltasse a ser como era antes enquanto ainda podíamos.

Encontrei rolhas ao lado do arrolhador de garrafas e vasculhei o depósito embutido atrás da mesa de engarrafamento, procurando rótulos e o revestimento de papel alumínio. Pelo menos aquela parte estava organizada de forma impecável em ordem alfabética. Encontrei os rótulos pretos com prata de *syrah* da Vinhos Lombard e coloquei-os ao lado das rolhas.

— E se você encontrasse alguém para comprar a parte de José? — sugeri.

Antônio balançou a cabeça. — Quem compraria este lugar? É longe dos grandes mercados e o clima é instável. Não temos mais como competir.

— É só uma fase ruim, Antônio. Você já foi bem-sucedido e será novamente, começando com o festival do vinho.

— Isso foi antes de Desiree se mudar para cá e começar a Vinhas do Vale Verdejante. Ela fica com o melhor quiosque no festival e monopoliza todos os compradores. Ela difama meus vinhos só para que os dela pareçam melhores. Todo ano, ela rouba um pouco mais do nosso mercado. Ela tem o juiz na palma da mão e ganhará o primeiro lugar de novo, como todos os anos. Por que eu ainda entro com meu vinho? Só de pensar nisso, já fico com raiva.

— Não a deixe irritá-lo. Este ano será diferente — menti. Desiree LeBlanc era implacável e não pararia por nada para ser a número um. Ela com certeza ganharia de novo, mas Antônio tinha coisas maiores com que se preocupar do que com o vinho vencedor do ano. Ele poderia perder o negócio e seu ganha-pão a não ser que fizesse uma aparição decente e chamasse a atenção dos compradores, e do bolso deles, no festival do vinho. O festival de um dia geralmente era responsável por metade das vendas anuais de uma vinícola. Compradores de vinhos vinham de todos os lugares do país. O Festival do Vinho de Westwick Corners era pequeno, mas agendado estrategicamente como o último de vários festivais de vinho do estado de Washington.

Praticamente cinco minutos depois, a porta abriu e Tia Pearl entrou. Os braços estavam esticados para cima com duas caixas de garrafas de vinho. As caixas de papelão escondiam completamente o rosto dela. Tudo que vi sob o papelão foi um corpo pequeno e magro com uma roupa de veludo roxa.

— Foi rápido. — Antônio arregalou os olhos. — Você deve ter voado de lá até aqui.

Tia Pearl sorriu. — Basicamente.

Eu a encarei friamente. Ela não fora em casa para pegar as garrafas da Mamãe. Ela conjurara garrafas do lado de fora da entrada da adega, provavelmente bem à vista de quem quisesse ver. Era uma exibição descarada de bruxaria... e contra as regras da WICCA.

Sem ar por causa do esforço, Tia Pearl se aproximou da mesa de engarrafamento e colocou as caixas no chão. Ela inclinou a cabeça em direção à porta e ao estacionamento do lado de fora. — O restante está no carro. Espero que seja o suficiente.

— Nada será suficiente. — Antônio passou a mão pelo cabelo grisalho desgrenhado enquanto andava para o lado de fora até o carro. — Se quer saber minha opinião, acho que já é tarde demais para salvar a adega.

— Não, não é. Pense positivo, Antônio. Vamos ajudá-lo a voltar aos trilhos. — Abri a porta traseira do carro e empilhei três caixas nos braços de Antônio. Peguei mais duas caixas e segui-o até a adega. Virei-me para ele depois que terminamos de empilhar as caixas perto da longa mesa de engarrafamento. — Não se preocupe, Antônio. Vamos passar por isso juntos.

Juntos. Isso me lembrou de Tyler e da surpresa dele. A única vez que ele agira tão misteriosamente fora quando me levara à cidade natal dele para me apresentar à sua mãe logo depois de começarmos a namorar. Ele estava planejando outra ocasião importante?

. . .

Não faláramos oficialmente em casamento, mas com certeza estávamos indo nessa direção. Será que Tyler me pediria em casamento? Imaginei nosso casamento, uma cerimônia pequena e íntima ao ar livre seguida de uma festa...

Um barulho alto me tirou dos meus pensamentos.

Tia Pearl bateu as mãos e gritou na minha orelha.

— Cen, acorde! Uma pessoa em estado de coma já é ruim o suficiente, mas serei obrigada a colocar um limite aqui. Não vou ficar com todo o trabalho.

— Eu nunca disse que você precisaria trabalhar. Eu nem a convidei.

— Ora, você claramente não conseguirá resolver isso sem a minha ajuda e Antônio já é um caso perdido. Você não acha mesmo que Tyler a pedirá em casamento, acha? Não tem a menor chance.

— Por que eu acharia isso? — Corei ao negar.

— Eu sei de tu-do — provocou-me Tia Pearl, cantarolando. — Espero que seu casamento ao ar livre não tenha um cadáver desta vez.

— Quê? Não! — Tia Pearl conseguia ler minha mente?

— Claro que consigo ler sua mente, Cen — debochou Tia Pearl. — Por que acha que eu a estava esperando no carro? Você não contou a ninguém que ajudaria Antônio hoje. Eu sabia que faria isso pelos seus pensamentos. Vim para ajudar.

Só a Vovó Vi conseguia ler a minha mente. E aquele talento só se desenvolvera depois que ela virara um fantasma. Sempre presumi que fosse um poder de fantasmas, não de bruxas. Esperei que Tia Pearl estivesse blefando.

— Aah... Você ainda tem muito a aprender, Cen. Seu nível de bruxaria é, no máximo, básico. Você sabe o que dizem: não se sabe o que não se sabe. Vi Tyler falando com Ruby quando fui buscar as garrafas. Talvez Tyler estivesse pedindo a permissão dela para...

Mamãe adorava Tyler, portanto, a resposta com certeza seria sim. Mas não achei que Tyler fosse mesmo fazer isso. Afinal, já estávamos no século XXI. Eu não era propriedade da família para ser dada. Só eu tinha o direito de decidir com quem me casaria. Tia Pearl com certeza estava inventando aquilo tudo.

— Lembre-se, Cen... Sei tudo que está pensando. — Tia Pearl puxou o telefone do bolso e rolou por algumas fotos. — Ah, aqui está... a foto que tirei do Jeep de Tyler estacionado do lado de fora da pousada. A hora e a data na foto são de quinze minutos atrás.

— Deixe-me ver isso. — Peguei o telefone da mão dela e era mesmo verdade. O Jeep de Tyler estava mesmo estacionado na frente da pousada. Era uma ilusão, parte dos encantamentos de Tia Pearl? Não, a foto tinha que ser real porque Tia Pearl achava a edição mágica de fotos entediante e chata. Simplesmente não era o tipo de bruxaria dela. Ela gostava mais de efeitos especiais e drama. Se ela estivesse por trás de algum tipo de truque envolvendo Tyler e um pedido de casamento, com certeza haveria fogo, explosões e um noivo diferente juntos.

Tia Pearl sorriu. — Quer saber qual é a surpresa de Tyler? Sabe, consigo ler a mente de todo mundo. Até a do Tyler.

Tampei os ouvidos e balancei a cabeça. — Não. Quero ouvir de Tyler, não de você. — Se ela tivesse mesmo esse tipo de telepatia, eu já teria ouvido várias fofocas sobre outras pessoas a essas alturas porque Tia Pearl simplesmente não conseguia guardar segredo. Ela tinha que estar blefando e eu não cairia na armadilha.

Tyler revelaria a surpresa dele em só algumas horas.

O quanto poderia ser difícil esperar?

CAPÍTULO 4

ia Pearl, Antônio e eu carregamos as caixas de garrafas restantes para a adega, colocando-as perto da mesa de engarrafamento.

Antônio suspirou. — Não consigo mais fazer isso, Cen. A vinificação é uma forma de arte. Leva tempo para criar um vinho de qualidade. Agora, estou competindo com um monte de *startups* que nem mesmo cultivam as próprias uvas. Hoje em dia, o mercado está cheio de vinhos baratos.

Tia Pearl soltou um suspiro longo. — É uma pena que você tenha que competir com essas porcarias. Mas, como eu disse antes, estou disposta a ajudar.

Suspeitei da oferta de Tia Pearl porque a ajuda dela sempre vinha com um preço. Eu não queria que ninguém se aproveitasse de Antônio. Ele ajudara nossa família em momentos difíceis e até ajudara Mamãe a criar a própria adega. Agora, o *merlot* tinto *Witching Hour* da Mamãe estava finalmente bom o suficiente para competir no Festival do Vinho de Westwick Corners deste ano. Não só bom o suficiente, como maravilhoso.

Virei-me para Tia Pearl. — Como exatamente você planeja ajudar Antônio?

— Segredo de negócios. — Tia Pearl levou um dedo aos lábios.

Eu não gostei das insinuações de bruxaria dela. Virei-me para Antônio. — Com certeza o mercado está difícil agora, mas seus vinhos são excelentes. Talvez você só precise de publicidade para que seus vinhos ganhem visibilidade.

Antônio balançou a cabeça. — José diz que promove nossos vinhos em tudo que é lugar, mas ninguém os compra porque são caros demais. Ora, eles têm o mesmo preço há cinco anos, mesmo que as despesas tenham aumentado. Não posso vender a preços que não cobrem os custos. E eu me recuso a comprometer a qualidade.

— Deve ter algum outro motivo — disse Tia Pearl. — Até Ruby está tendo lucro depois de só alguns anos. Talvez você esteja...

Eu a cortei. — Mamãe está tendo lucro por causa da ajuda de Antônio, Tia Pearl. Acho que Antônio sabe o que está fazendo.

Westwick Corners não era exatamente Napa ou Sonoma, e o lado leste de Washington não tinha o mesmo selo que o *terroir* da Califórnia.

Terroir era uma palavra francesa que descrevia vários fatores ambientais combinados que tornavam cada vinho único. Luz do sol, chuva, vento, solo, orientação da adega e elevação, tudo criava a personalidade ou essência de cada vinho. As condições criavam vinhos únicos de cada região e de cada temporada de cultivo.

Westwick Corners ficava em um vale fértil com solo rico e argiloso. A cordilheira ao leste bloqueava a chuva e as nuvens, fazendo com que os verões fossem quentes e secos. As noites frescas forneciam condições perfeitas para vinhos frutados e acidulados, como *cabernet sauvignon,* e tintos encorpados, como *merlot* e *syrah.*

Os verões secos e quentes de Napa e Sonoma forneciam um clima ideal para *chardonnay, cabernet sauvignon* e *pinot noir.* Os dias de verão quentes e as noites frescas de Westwick Corners também produziam alguns vinhos excelentes. Westwick tinha uma média anual de trezentos dias de sol, quarenta dias a mais do que o Condado de Napa, que era ligeiramente menor. Estávamos mais ao norte e éramos menos conhecidos, e nossas adegas geralmente eram operações menores e geridas por famílias. Tudo aquilo já estava refletido nos nossos preços.

O *merlot* tinto *Witching Hour* de Mamãe vendia bem, apesar de não ser tão conhecido. Por que, de repente, Antônio, o mentor de Mamãe e a inspiração para nossa adega, estava tão azarado?

— Deve haver algum outro motivo além do preço. Você nunca teve problemas com as vendas antes. — Eu não queria apontar o dedo na cara de ninguém, mas um motivo claro era a falta de fornecimento, não de demanda. Antônio não estava fazendo vinho algum.

— José diz que perdemos muito mercado e que é uma batalha que não temos como vencer. Ele quer vender a adega antes que perca todo o valor. Está me pressionando há meses, o que é o motivo de não me ajudar mais. Ele está me obrigando.

Os irmãos tinham herdado a adega da família quase uma década antes. José tinha tanto poder de escolha sobre a venda da adega, apesar de Antônio fazer a maior parte do trabalho.

Tinha que haver alguma outra forma. — Talvez a gente consiga fazer com que ele mude de ideia.

Antônio balançou a cabeça. — Não existe a menor chance.

— E se eu comprar a parte de José? — perguntou Tia Pearl. — Tenho um ótimo plano para uma reviravolta.

Levantei a mão em protesto. — Agora não, Tia Pearl.

— Xiu, Cen. Você é sempre rápida em tentar me calar. Eu só quero ajudar.

Ouvimos a voz de uma mulher vinda do lado de fora, seguida de passos até a parte de cima da escada da adega. — O que estão falando de José? Ele nunca está aqui.

Alguns segundos depois, Trina, a assistente de Antônio, entrou na adega. Ela usava um vestido sem mangas, apesar do frio, e o rosto corado era emoldurado por cachos loiros grossos que tinham escapado do rabo de cavalo. O rosto dela brilhava com o suor quando ela passou a mão pela testa. — Só o que José quer é acabar com o negócio. Nunca ouvi falar de ninguém que tentasse sabotar o próprio negócio.

— Tudo bem, Trina — Antônio a reconfortou. — Já contei a elas como José está sempre me pressionando para vender o negócio.

Trina olhou para Antônio com carinho. — Sem o seu trabalho

árduo, nem haveria mais uma adega. Não é da minha conta, mas vou falar mesmo assim: seu irmão é arrogante e ingrato.

— Claro que é da sua conta, Trina. Você trabalha aqui há quase tanto tempo quanto eu. Não teria conseguido sem você. Na verdade, eu não a culparia se você decidisse ir embora. Você merece muito mais do que isso aqui. — Antônio balançou os braços indicando o cômodo.

Trina jogou as mãos para cima. — O que mais eu faria? Invisto aqui tanto quanto você. Pelo menos, emocionalmente. Eu amo este lugar.

Tia Pearl fez um som de deboche e reclamou baixinho: — Investe tanto quanto ele... rá! Ela quer é dinheiro!

Trina franziu a testa. — Oi?

— Deixe para lá. — Coloquei uma mão no ombro magro de Tia Pearl e levei-a para longe dos ouvidos deles. — Trina é o principal motivo de este lugar ainda estar funcionando. Ela é mais do que uma funcionária dedicada. Ela realmente se importa com a adega e com Antônio.

— Rá! É tudo pura encenação. A apaixonadinha ali quer colocar as mãos na fortuna dos Lombard. Aposto que a interesseira já está planejando o casamento!

Revirei os olhos. — Que dinheiro existe para a interesseira ir atrás? Pelo que Antônio está dizendo, a vinicultura está quase falida.

— Aposto que Trina sabotou o negócio só para que possa resgatá-lo. Ela quer salvá-lo de si mesmo. — Tia Pearl abriu um sorriso maligno. — Ele é totalmente obcecado pelo vinho e Trina é totalmente obcecada por ele. Não é surpresa o fato de os dois serem solteiros.

— Tia Pearl, não interfira com...

— Olhe para ela, Cen. Ela faria qualquer coisa por ele e o pobre Antônio é completamente alheio.

— Trina não...

— Talvez você tenha razão — disse Tia Pearl em um tom um pouco alegre demais.

— Por que está subitamente concordando comigo?

Tia Pearl sorriu. — Há uma primeira vez para tudo, Cen. Estive trabalhando internamente, tentando ser mais agradável. Earl disse que é bom ver todos os lados de um problema.

— Earl tem razão. Todos merecem a felicidade, até mesmo você e Earl. — Na minha opinião, o namorado de Tia Pearl era a melhor coisa que acontecera a ela. Apesar dos nomes que rimavam, eles eram um caso típico de atração dos opostos. A natureza tranquila dele acalmava Tia Pearl e transformava-a em uma pessoa mais agradável. Ele achava os truques dela hilários. Secretamente, eu adorava a forma como ele a mantinha sob controle.

— Hmm... Talvez você tenha razão. Antônio e Trina poderiam formar um belo casal, mas nunca descobriremos porque ele nunca fará nada nesse sentido. Posso resolver isso em um piscar de olhos. — Tia Pearl acenou com os braços e murmurou baixinho:

RAINHA DE COPAS,
Que essas duas almas se enrosquem,
Envie flechas de amor,
Deixe as promessas fluírem,
Acariciadas e carregadas pelo vento
Um futuro de amor está selado.

O FEITIÇO DA ATRAÇÃO!

Tia Pearl bateu as mãos. — Ahhh... Isso vai ser divertido!

Eu estremeci, torcendo para que o resultado fosse melhor desta vez. Eu me lembrava muito bem de quando Tia Pearl colocara o mesmo feitiço de atração em mim e em um mafioso de Las Vegas. Aquilo não dera certo. Por sorte, o desastre foi evitado quando o feitiço fora intencionalmente removido quebrando um vidro.

Quebrar as garrafas de Mamãe estava fora de questão porque Antônio precisava de cada uma delas para engarrafar o vinho. Além do mais, qualquer coisa que eu desfizesse seria refeito segundos depois por Tia Pearl.

— Tia Pearl, retire o feitiço! Você não pode brincar com a vida das pessoas. Elas não são peças em um tabuleiro de xadrez.

— Ah, mas elas são. Isso se chama o "jogo do A-M-O-R", Cen. Você disse que eles merecem a felicidade e eu os deixei felizes. Trina está extasiada por Antônio finalmente tê-la notado. Olhe, até mesmo Antônio está sorrindo.

Era verdade. Antônio estava com uma expressão contente e Trina sorria feliz.

Antônio olhou para Trina como se a estivesse vendo pela primeira vez. O rosto dele estava corado e a expressão de desalento fora substituída por uma de felicidade.

Trina corou. — O vinho não vai se engarrafar sozinho.

A voz de Antônio ficou subitamente rouca. — Não, não vai.

Os olhares dos dois se encontraram enquanto se encaravam sonhadoramente.

O vinho *certamente* não se engarrafaria sozinho, se era que seria engarrafado.

Tia Pearl disse: — Vocês todos, tirem uma folga. Vou cuidar do engarrafamento. Sentem-se, relaxem e não se preocupem com nada.

Tia Pearl mal levantava um dedo para ajudar a cuidar do Westwick Corners Inn. Eu não conseguia imaginá-la cuidando de todo o trabalho quando ela não tinha nada a ganhar com isso. A não ser, claro, que ela tivesse algo a ganhar.

— Remova o feitiço ou eu mesma farei isso. — Teoricamente, eu não poderia remover o feitiço de outra bruxa, mas poderia colocar outro por cima para cancelar o dela. Porém, era algo que poderia dar errado e eu o considerava como último recurso.

Eu estava meio dividida. Se Trina e Antônio fizessem um ao outro feliz, quem era eu para interferir? Por outro lado, tínhamos um lote de vinho para engarrafar e eu duvidava que Tia Pearl mantivesse a palavra, terminando o trabalho. No caso improvável de ela terminar, alguém, o que significava eu, teria que desfazer as camadas de feitiços.

Tia Pearl interrompeu meus pensamentos. — Não acha que Antônio e Trina merecem um pouco de romance? Por acaso é diferente da sua obsessão maluca pelo delegado?

— Ele tem nome, Tia Pearl. Não somos malucos nem estamos sob o feitiço de ninguém.

Ela estreitou os olhos. — Você não tem como saber. Como sabe que não coloquei um feitiço de atração em você e nele? Botei, sabe.

— Você não faria isso porque não gosta de Tyler. — Como delegado, Tyler era também o inimigo número um de Tia Pearl. Ela achava que estava acima da lei e Tyler sempre mostrava que não.

— Isso não é verdade. Só acho o delegado Gates um pouco metido, mais nada. Ele está constantemente inventando novas multas e regras.

— Você pode chamá-lo de Tyler. Ele não inventou nenhuma regra nova. Está simplesmente aplicando as leis que você viola. Ele só está fazendo o trabalho dele, Tia Pearl.

Tia Pearl suspirou. — Eu nunca deveria ter expulsado aquele último delegado preguiçoso da cidade. A gente não sabe que é feliz até perder a felicidade.

— Isso é verdade. — Lembrei-me de um ano antes, quando a Vinhos Lombard estava operando normalmente. — Agora, remova o feitiço de Antônio e Trina.

— Depois. Primeiro, preciso de algumas informações.

— Sobre Antônio? Por quê?

Tia Pearl revirou os olhos. — Nossa, Cen, acha que vou dizer a você? Pode achar que é jornalista, mas está sempre perdendo oportunidades. Você ainda tem muito a aprender.

Eu estava prestes a perguntar por que ela achava que precisava espionar Antônio quando meu celular tocou.

Coincidentemente, era Tyler. Ele finalmente me contaria quais eram nossos planos para aquela noite. Seria um anel de noivado?

Eu o imaginei sobre um joelho, com uma caixinha de veludo azul na mão. Um belo solitário, do tamanho perfeito para o meu dedo, pois Tyler era atencioso assim. Abriríamos uma garrafa de champanhe...

— Cen? Ainda está aí? — A voz de Tyler me tirou do devaneio.

— Ahm, sim... Desculpe. Só tentando organizar tudo com Antônio. Onde você está agora?

— Eu, ahm... estou indo para casa. Ahm... Sobre hoje à noite, aconteceu algo. Podemos deixar para amanhã? Depois do festival do vinho, claro.

— Sim, claro, mas por quê? — Meu humor azedou, apesar de eu tentar parecer animada.

— Não posso dizer ainda. Pego você amanhã de manhã, por volta das 9 horas, para o festival do vinho?

— Está bem, vejo você amanhã. — Ele não falou nada sobre visitar a Mamãe e não consegui pensar em uma desculpa para perguntar. E se ele tivesse mudado de ideia sobre nós? Como eu fora boba ao supor que ele me pediria em casamento. Onde estava com a cabeça?

Guardei novamente o telefone no bolso. Se Tia Pearl tinha realmente lançado um feitiço de atração em nós, como alegara, e se ela tivesse desfeito o feitiço em Tyler? Isso significava que o amor de Tyler por mim não era genuíno, que nosso futuro juntos...

Tia Pearl puxou minha manga. — Meu Deus, Cendrine, pode se mexer? Temos um negócio a resolver!

Eu a afastei. — Em um minuto!

Eu precisava me recompor ou Tia Pearl veria a decepção no meu rosto. Eu estivera ansiosa pela surpresa de Tyler a semana inteira. Agora, por algum motivo misterioso, ela não aconteceria mais.

Olhei para Trina e Antônio. Eles tinham deixado de lado os olhares amorosos e já tinham arrumado a mesa de engarrafamento. Agora, trabalhavam diligentemente e em sincronia perfeita. Tinham preparado o vinho para que estivesse pronto para ser colocado nas garrafas. Além disso, tinham arranjado os rótulos, as rolhas e o arrolhador em ordem na linha de montagem.

Eles eram excelentes um para o outro, com ou sem feitiço. Talvez os feitiços de Tia Pearl não fossem tão ruins, no fim das contas. Algumas vezes, era preciso uma fagulha para iniciar uma fogueira.

Voltei para perto de Tia Pearl, mas a animação desaparecera dos meus passos. Ela estava atribuindo tarefas adicionais a Antônio e a Trina.

— Onde devo começar? — perguntei.

Mas Tia Pearl não estava escutando. Ela voltara a atenção para a janela. Do lado de fora, um Corvette conversível vermelho antigo entrou pelo portão principal aberto da Vinhos Lombard.

CAPÍTULO 5

— *A*hh... Isso vai ser ótimo. — Tia Pearl esfregou as mãos nas coxas e foi para o lado de fora.

Sem saber ao certo o que estava acontecendo, eu a segui.

O vento frio de algumas horas antes tinha desaparecido. A temperatura subira alguns graus, apesar de ainda estar fresco do lado de fora.

O cromado e a tinta metálica vermelha do Corvette antigo brilharam sob o sol quando o motorista conduziu o carro em um semicírculo para que ficasse virado para o portão, pronto para sair rapidamente. O carro estava em excelente condição, um modelo antigo do começo dos anos 1960.

A capota estava abaixada e não tive problemas para identificar a careca do motorista enquanto ele estacionava o carro. Pelo jeito, Richard Harcourt, gerente do banco de Westwick Corners, trocara a minivan prática por um carro caro de coleção.

Era um carro da crise da meia-idade? Ele já estava tendo um caso com uma mulher mais jovem, Desiree LeBlanc.

Redirecionei meus pensamentos para o motivo de Richard estar ali. Ele também era um juiz de longa data do festival do vinho, portanto, certamente não deveria estar fraternizando com Antônio, um dos competidores. Por outro lado, Desiree também era uma competidora e ele certamente fraternizava com ela. Haveria algum arranjo de última hora para o festival do dia seguinte? Eu esperava que não, pois isso significaria que Antônio e Mamãe teriam mais trabalho a fazer.

Richard permaneceu dentro do carro com o motor ligado. Ele pareceu não nos notar nem estar com pressa para sair do carro. Senti um aperto no estômago quando algo me disse que aquela não era simplesmente uma visita de cortesia. Antônio me confessara que estava com os pagamentos da hipoteca atrasados. Um show de vinhos bem-sucedido no dia seguinte poderia mudar isso rapidamente, claro. Ele só precisava que o dinheiro começasse a entrar novamente. Todos sabiam que o negócio de vinhos era sazonal. Obviamente, Richard teria a decência de dar a Antônio um tempo para resolver as coisas. Quando corri para dentro para chamar Antônio, eu já sabia que isso não aconteceria.

Logo ficou óbvio o motivo de Richard ter permanecido no Corvette. Ele estivera esperando alguém.

O Cadillac preto de José entrou no estacionamento e ele estacionou perigosamente a poucos metros do Corvette de Richard. Os dois homens saíram dos veículos e andaram na direção da entrada da adega, sussurrando.

Richard, com pouco mais de um metro e noventa e cinco de altura, tinha a distinção dúbia de ser o homem mais alto na cidade. Ele tinha que se abaixar ligeiramente para falar com José que, com cerca de um metro e oitenta, parecia muito mais baixo do que era em comparação a Richard.

Apesar de José ser mais magro e alguns centímetros mais alto que o irmão mais velho, era óbvio que ele e Antônio eram irmãos. Os dois tinham os mesmos cabelos escuros curtos salpicados de fios grisalhos. Os dois eram bronzeados e não tinham barba, apesar de o tom de José ser importado da Riviera francesa e o de Antônio ser de trabalhar no vinhedo.

Naquele momento, Antônio e Trina já tinham saído da adega. Os dois estavam corados e sem fôlego. Ainda estava frio dentro da adega, portanto, a aparência acalorada deles devia ser resultado do feitiço de atração de Tia Pearl. Obviamente, eles tinham feito algo muito mais físico do que engarrafar o vinho. Tia Pearl tinha a tendência de lançar os feitiços de atração no pior momento possível, apesar de ser claro que o rosto vermelho de Antônio se devia ao fato de estar furioso por ver Richard e José. Uma magia poderosa podia ser superada até mesmo pelas emoções mais fortes.

A raiva ardente de Antônio era evidente quando ele avançou. Ele tinha as mãos ao lado do corpo, com os punhos cerrados.

— O que ele está fazendo aqui? — sussurrou Trina. — Ele deveria ter ido para o sul para entregar nosso vinho. Onde está o caminhão?

— Conhecendo José, provavelmente capotado em uma vala qualquer. — Tia Pearl soltou uma risadinha.

— Não é engraçado — retruquei.

— Não é para ser. Continue falando comigo desse jeito, Cendrine, e vou sobrecarregar o feit...

Ergui a mão em protesto. — Não, não vai!

— Você vai fazer o quê? — Trina olhou friamente para Tia Pearl.

— Deixe para lá, não importa agora — respondi.

Trina trabalhava para a empresa de vinhos da família Lombard havia décadas, portanto, era compreensível que se sentisse um pouco dona, apesar de ser apenas uma funcionária. No decorrer dos anos, ela investira seu suor além dos cheques de pagamento. Algumas vezes, aqueles cheques chegavam atrasados. Apesar de haver poucos empregos na cidade, também havia poucos funcionários com lealdade e dedicação tão ferozes. Obviamente, parte do motivo para isso era por ela estar apaixonada por Antônio. O feitiço de atração de Tia Pearl dobrara ou triplicara essa devoção.

José andou rapidamente na nossa direção. Richard ficou alguns passos atrás.

— Precisamos conversar — disse José.

Antônio cruzou os braços sobre o peito e olhou para José — Ah, então você e Richard estão nisso juntos? De que lado você está, José?

José ergueu as mãos em rendição. — Não é o que você pensa,

Antônio. Estive pensando... podemos resolver esse problema de fluxo de caixa com uma ajudinha de fora.

Antônio riu. — Richard já nos recusou um empréstimo. Ele não nos deixou renovar a hipoteca antes. Agora você está fazendo as coisas pelas minhas costas?

— Você faz isso comigo o tempo inteiro — retrucou José. — Não me consulta quando há decisões a tomar. Você age como se fosse dono deste lugar, mas não é. Tenho uma parte igual à sua e minha voz vale o mesmo aqui. — Ele olhou para Trina, mas era difícil ler a expressão dele.

— Você nunca quis se envolver. Nem mesmo fazia as tarefas mais básicas. Você deveria estar na estrada entregando nosso vinho. Onde diabos ele está?

— Ele pode esperar, Antônio. Há algo muito mais urgente. — Ele acenou com a cabeça para Richard. — Diga a ele.

— Fiz tudo o que podia para ajudar com os problemas de fluxo de caixa de vocês, mas receio que não tenhamos mais opções. — Richard tirou um envelope do bolso do casaco e entregou-o a Antônio. — Não é oficial, só na segunda-feira, mas eu queria lhe dar isto agora para que não fosse surpreendido.

Antônio pegou o envelope e rasgou-o com as mãos trêmulas. — Um aviso de execução da hipoteca? Na véspera do festival do vinho? Ainda tenho até segunda-feira para fazer os pagamentos.

— Tecnicamente, isso é verdade... mas nós dois sabemos no que isso vai dar — disse Richard. — Você ainda não fez o pagamento do mês passado. Como eu disse, estou lhe dando um aviso não oficial sobre o que vai acontecer. Assim, podemos evitar qualquer constrangimento. Lamento, Antônio. Eu fiz tudo o que podia, mas, quando você não pagou... o banco me pressionou. — O rosto dele não tinha emoção alguma.

A hostilidade pairava no ar como uma fagulha prestes a saltar. Não ousei perguntar por que tudo era culpa de Antônio, e não de José.

Antônio detectou a falta de sinceridade de Richard imediatamente. — É, certo. Nós nos conhecemos há anos, Richard. Como pôde fazer isso?

Richard evitou o olhar de Antônio. Em vez disso, os olhos dele se viraram para um ponto invisível a poucos metros à nossa esquerda. — Regras da sede, Antônio. Não há nada que eu possa fazer.

— Você só não quer fazer. — Antônio se virou para José. — E você. Agora, está conspirando com o banqueiro para retomar a adega da família? Foi você que nos colocou em débito, com todas as suas ideias falidas de marketing e viagens caras de vendas. Temos esta adega há gerações, José. Mamãe e papai trabalharam a vida inteira para que ela fosse um sucesso. Isso tudo sumiu da sua mente?

— Mamãe e papai trabalharam 12 horas por dia, 7 dias por semana, Antônio. Não quero ser escravo de um negócio que quase faliu até mesmo nos melhores momentos. Não temos lucro há anos. Não é viável.

— Eu ofereci para comprar sua parte há dois anos, quando o negócio estava melhor. Por que não aceitou?

José fez um gesto de escárnio. — Você me ofereceu uma fração do que a adega valia. É claro que não aceitei.

— A oferta foi o valor de mercado justo com base em uma avali-ação profissional — disse Antônio. — Minha oferta disparou uma cláusula em nosso acordo que dava a você o direito de comprar a minha parte pelo mesmo preço ou de aceitar minha oferta e vender sua parte. Exatamente o que você alega querer agora, mas com um preço melhor.

— Ora, que pena para mim. Agora que você arrasou com esta adega e estamos falidos, não temos mais opções.

Antônio jogou as mãos no ar. — Então agora é tudo culpa minha? Você sempre foi um sócio igual a mim.

José olhou de relance para Richard, que acenou com a cabeça de forma quase imperceptível.

— Você sabia que este dia chegaria, Antônio — disse Richard. — Eu o avisei várias vezes. Acho que não me levou a sério o suficiente.

Antônio xingou baixinho e deu um passo à frente. Trina segurou o braço dele para detê-lo.

José respirou fundo. — Olhe, sei que é ruim. E foi por isso que estive trabalhando com Richard para ver se havia alguma outra opção. Opções que não fossem do banco.

— Opções que não fossem do banco? — Antônio parecia pronto para dar um soco em alguém. A única coisa que o segurava era Trina. E isso não duraria muito tempo.

— Richard acha que consegue encontrar um comprador — disse José. — Podemos vender a adega e seguir com a vida.

— É uma opção — disse Tia Pearl em tom alegre.

Segurei o braço dela e sussurrei: — Pare com isso!

— Ai! — Ela puxou o braço e olhou para mim friamente.

Antônio olhou para nós confuso antes de se virar novamente para José. — Esta *é* a minha vida, José. Ou você não tinha notado?

Trina mordeu o lábio, com os olhos cheios de lágrimas.

Antônio segurou a mão dela.

José franziu a testa, com o olhar descendo para as mãos do casal. — Você sabe que é uma batalha perdida, Antônio. O banco executará a hipoteca. Esta é a nossa saída, uma oferta que não podemos recusar.

— De jeito nenhum, não vou vender. — Antônio cuspiu no chão, perigosamente perto dos pés de José.

José fingiu não notar.

Antônio se virou para Richard. — Você está me forçando a vender? Por acaso, tem um comprador pronto para isso? Sem dúvida, você também lucrará com o negócio. Isso não é ético, Richard. Seu chefe sabe sobre suas negociações duvidosas?

Richard deu de ombros. — É tudo totalmente honesto. Eu não precisava fazer isso, Antônio. Estou tentando ajudar você a sair de um buraco.

— Quem é o comprador?

Silêncio.

— José? Você já sabe quem é, não sabe?

— Richard e eu discutimos o assunto um pouco para tentar achar uma solução para o problema. Temos sorte de ter alguém interessado em uma adega pequena como a nossa. A economia não tem ajudado e a adega está meio que fora do mercado, sabe. Custos maiores de transporte significam que não podemos esperar um preço melhor. Mas acho que, ahm... recebemos uma oferta justa. Você deveria estar grato por conseguirmos alguma coisa pela adega, em vez de sairmos sem nada.

— Você fala como se já fosse um negócio fechado, José — comentou Trina. — Por que não envolveu Antônio na discussão?

José jogou as mãos para cima em frustração. — Sabe, eu tentei, mas ele não é razoável. Ele se recusa a discutir o assunto.

— Quem é o comprador, José? Por que não responde à pergunta de Antônio? — Trina estava tão chateada quanto Antônio.

José respirou fundo e entregou um envelope a Antônio. — Aqui está a oferta. Antes de gritar comigo, leia até o fim. Não é uma fortuna, mas é justo. E o comprador é flexível com a data de fechamento. Sei que não está feliz com isto, mas é a situação em que estamos. É o que há de melhor para nós dois.

Antônio tirou o papel do envelope. Ele leu o acordo e, em seguida, jogou o papel no chão. — Desiree LeBlanc? Ela é a última pessoa para quem eu venderia. Não que importe. Não vamos vender a adega. Nem para Desiree nem para ninguém.

— Ora, vamos, Antônio. Ou vamos embora sem nada ou aceitamos a oferta generosa de Desiree.

— Generosa? Esta oferta é menor do que ofereci para comprar a sua parte há dois anos. É uma miséria! Seu traidor! Mamãe e Papai trabalharam tanto para construir esta adega e você quer deixar que ela a roube.

— Não temos mais nenhuma opção, Antônio. Ou vendemos ou o banco executa a hipoteca.

Antônio gritou: — Você vai se arrepender disso.

José chutou um pouco de terra e evitou o olhar de Antônio.

Richard bateu no relógio com o dedo. — Segunda-feira, Antônio. Você ainda tem tempo para sair disso com a cabeça erguida.

Antônio se virou para José. — Você morreu para mim. Você também, Richard. Se executar a hipoteca, matarei você!

CAPÍTULO 6

Os passos de Richard soaram sobre o caminho de cascalho enquanto ele andava de volta até o Corvette.

José observou a partida dele. Ele evitou o contato visual com todos. Era óbvio que ele preferia estar em qualquer outro lugar, e não ali.

Tia Pearl quebrou o silêncio. — Aquele trapaceiro! Richard me deixa enjoada. Não é suficiente ele favorecê-la no festival do vinho todo ano. Primeiro, uma competição com trapaça. Agora, está ajudando aquela vadia da Desiree a colocar as mãos gananciosas na sua adega e no seu vinhedo. Eu me pergunto como Valerie se sente sobre isso.

— Valerie não se importa mais — disse José. — Ela disse a Richard que quer o divórcio.

O caso amoroso de Desiree e Richard era de conhecimento comum. Ainda assim, durante todos aqueles anos, Valerie aguentara aquilo à vista de todos. Supus que ela finalmente chegara ao limite.

— Ah... Então agora você acompanha as fofocas da cidade? — perguntou Tia Pearl.

José suspirou. — Todos na cidade sabem, Pearl. Valerie deu entrada na papelada ontem. Ela finalmente cansou do caso de Richard e Desiree.

— Já estava na hora — retrucou Tia Pearl, obviamente furiosa por ser a última a descobrir.

O silêncio encheu o ar antes que Antônio finalmente falasse com a voz tensa: — Diga-me que entregou o vinho, José.

— Não, não entreguei o vinho. Eu estava ocupado demais tentando resolver um acordo para salvar este lugar... com agradecimento zero de você, diga-se de passagem. Sabe como é trabalhar com você, Antônio? Você é um controlador que sempre tem que fazer as coisas do seu jeito. Você se preocupa com garrafas de vinho idiotas e ignora o panorama. Este lugar não vale a pena. Estamos falidos e é tarde demais para fazer alguma coisa a respeito. Mal posso esperar até finalmente ficar livre disso tudo.

— É, bom, talvez, se você se preocupasse mais com o negócio, não estaríamos nesta situação. Eu entregarei o vinho. Só diga onde está o caminhão. Dê-me a chave. — Antônio estendeu a mão e acenou para que ele as entregasse.

José se abaixou para pegar o papel da oferta de compra descartado — Relaxe. Entregarei o vinho esta última vez. Vou até o caminhão agora mesmo e partirei. Farei todas as entregas ao sul, até a fronteira com o México. Demorará uma semana, mas entregarei até a última garrafa. Também encorajarei todos os nossos clientes a pagarem em dinheiro. Não que isso importe mais. Não seremos mais donos da adega na segunda-feira. Mas farei isso mesmo assim, só para que você me deixe em paz.

— Se perdermos a adega, será tudo sua culpa. Entregar o vinho, se é que vai manter a palavra, é algo que chega tarde demais. Você é preguiçoso e acha que tem direito a tudo. Só pensa em você mesmo.

— Que seja. Você se arrependerá disso, Antônio. — José se virou e andou até o carro sem olhar para trás. Ele ligou o motor e conduziu o veículo em um semicírculo a poucos metros de onde estávamos. Em seguida, acelerou, jogando cascalhos em nós enquanto saía depressa do estacionamento.

— Idiota. — Antônio cuspiu no chão.

— Pelo lado bom, pelo menos José estará longe daqui por alguns dias — comentou Trina.

Os dois irmãos eram tão diferentes como a noite e o dia. Eles tinham tentado evitar um ao outro, comunicando-se por telefonemas e mensagens de texto através de Trina. Se não fosse por isso, as coisas teriam chegado ao fim muito antes.

Antônio chutou um pouco de terra. — Traído pelo meu próprio irmão. Nunca fomos próximos, mas achei que nós dois estávamos dispostos a tentar tornar a adega da família um sucesso. Temos nossas diferenças, mas nunca nem sonhei que ele entregaria o negócio da família por uma miséria. Por outro lado, José sempre coloca as próprias necessidades à frente de qualquer pessoa.

Trina bateu de leve no braço dele de forma reconfortante. — Deve haver outras opções. E se você vendesse as uvas e o vinho deste ano para Desiree, em vez de desistir da adega? Você sabe que ela quer comprar uvas de você há anos. Esqueça essa competição idiota.

Antônio balançou a cabeça negativamente. — Não vou vender. Nem para Desiree nem para ninguém. Trabalhei a vida inteira para tornar a Vinhos Lombard o que é. O rótulo da Vinhas do Vale Verdejante de Desiree nunca será colado em uma garrafa de vinho Lombard. Ela pode comprar outros vinhedos e fingir que são dela, mas nunca colocará seu rótulo nos meus vinhos. Não serei parte da trapaça dela.

— Mas, se ela acabar comprando a adega, isso vai acontecer — disse Trina. — Ela pode comprar agora ou esperar o banco executar a hipoteca. De qualquer forma, ela tem dinheiro suficiente para comprá-la. Provavelmente será a nova dona. Richard garantirá isso. Pelo menos, assim, você pode ter alguma voz ativa.

— Trina tem razão — disse eu. — Momentos desesperadores exigem medidas desesperadas. Venda as uvas e o vinho a ela por um ano ou dois até conseguir ficar firme novamente. — Obviamente, isso significava ter vinho para vender, mas um problema de cada vez.

— Prefiro me matar — retrucou Antônio.

Trina arregalou os olhos. — Você não precisa fazer isso. Vamos pensar em alguma coisa.

Oficialmente, Trina era apenas uma funcionária antiga e dedicada. Mas, ao olhar mais de perto, ela era muito mais. Apesar das complicações do feitiço de Tia Pearl, ela obviamente gostava muito de Antônio e tinha os interesses dele em mente. Além do mais, ela era prática e orientada aos negócios. Pelo menos, o feitiço de atração aumentara as chances de que ele escutasse os conselhos bem-intencionados dela.

— Eu sei o que fazer — disse Tia Pearl animada, como se a ideia tivesse acabado de lhe ocorrer. — Comprarei a parte de José e serei sua sócia. Vou hipotecar o Westwick Corners Inn, tirar um pouco de dinheiro de nossa propriedade e injetar neste lugar.

Soltei uma exclamação. — Você não pode hipotecar o hotel. Você, Mamãe e Tia Amber são as donas, e elas nunca concordariam. É arriscado demais. — Apesar de ser simpático da parte de Tia Pearl querer ajudar Antônio, nosso hotel era nosso ganha-pão, por assim dizer. Não poderíamos ter mais dívidas e possivelmente sofrer o mesmo destino que Antônio.

— Você acha que Antônio é um risco de crédito? Nossa, Cen, isso não é nada simpático!

— Eu nunca disse...

Tia Pearl se virou para Antônio. — Sinceramente, não sei de onde ela puxou isso. Cendrine tem zero empatia pelas pessoas.

Tive que me controlar para não morder a isca de Tia Pearl. Respirei fundo. — Mesmo se Mamãe e Tia Amber concordassem, você nunca conseguiria resolver o financiamento a tempo.

Tia Pearl revirou os olhos. — Nossa, Cendrine, por que tem que criar uma tempestade por causa de tudo? Encontraremos o dinheiro para Antônio, não importa o que aconteça. Mas vamos por partes. Precisamos engarrafar esse vinho para o festival. Ele não vai se engarrafar sozinho, portanto, vamos voltar ao trabalho.

Trina sorriu. — Vou buscar mais rolhas.

— Vou com você — disse Antônio.

Observamos enquanto eles desapareciam por trás dos tonéis de aço inoxidável.

Tia Pearl suspirou e olhou para mim. — Olhe só para os dois pombinhos. Ele está prestes a falir e ela ainda o adora. Se isso não é amor de verdade, não sei o que é. Na riqueza ou na pobreza, eles estão destinados a ficarem juntos.

CAPÍTULO 7

Quase dez minutos tinham se passado quando Antônio e Trina retornaram. A julgar pela aparência desgrenhada deles, tinham procurado muito mais do que rolhas em uma prateleira.

Tia Pearl pigarreou. — Ahem... Antônio. Tenho uma nova proposta para você. Se não me quiser como sócia, pode me contratar como consultora. Sabe que trabalho duro e tenho algumas habilidades *muito* especiais que poderiam acelerar a produção.

— Um bom vinho não fica pronto antes da hora — retrucou Antônio. — Ele não pode ser apressado. Precisa de tempo para crescer, amadurecer e envelhecer. Tenho certeza de que você entende isso, Pearl.

Tia Pearl estreitou os olhos. — Está me chamando de velha?

Ele balançou a cabeça negativamente. — É claro que não. Só quis dizer amadurecer, como...

Trina interrompeu. — O vinho é como o amor. Fazer vinho é como fazer...

Tia Pearl ergueu a mão. — Pode parar com o besteirol sentimental. Você está cometendo um grande erro, Antônio. Você precisa de mim se quer dar uma reviravolta neste lugar.

Trina deu de ombros. — Antônio sabe o que é melhor para a adega.

Tia Pearl revirou os olhos e moveu os lábios zombeteiramente para Trina dizendo *Antônio sabe o que é melhor*.

Meu coração bateu mais depressa. Se Tia Pearl perdesse as estribeiras com Trina, sua magia seria ainda mais irresponsável. Eu não poderia deixar que isso acontecesse.

Eu disse: — José prometeu fazer as entregas, portanto, vamos nos concentrar no que é necessário para o festival do vinho. Engarrafaremos o máximo possível e deixaremos para nos preocupar com o resto depois.

Trina sorriu. — Vamos deixar tudo normal de novo.

Tia Pearl balançou a cabeça negativamente. — Não, vocês não vão, Trina. Nada será o mesmo de novo. José é um escroto, seu vinho Lombard é ruim e não sei o que deu em Antônio. Não existe esperança alguma de dar a volta por cima nesta história. Pelo menos, não sem a minha ajuda.

— Tia Pearl! — Ela sempre fora incrivelmente direta, mas aquilo era demais. Virei-me para Antônio e Trina. — Não deem atenção a ela. Vamos pensar positivo. Um passo de cada vez.

Tia Pearl riu. — Cendrine está delirante, como normalmente. Nossa, até rimou! Sabem, adoro fazer rimas. Hmmm, deixe-me ver...

Ela começou a estalar os dedos em uma batida lenta:

LOMBARD, o vinho,
  É simplesmente divino,
  O tempo o envelhece,
  Não importa o que aconteça,
  Ele vira uma finesse,
  Primeiro, engarrafamos,
  Depois, enrolhamos,
  Para que tenha gosto sublime,
  Funciona como mágica sempre!

. . .

TRINA BATEU AS MÃOS ALEGREMENTE. — Adorei!

Tia Pearl esfregou as mãos e sorriu para mim. — Você disse que deveríamos pensar positivo e foi exatamente o que fiz, Cen.

Meu coração bateu mais forte quando percebi que Tia Pearl tinha acabado de lançar mais um feitiço. Ela tinha melhorado o vinho! Aquilo era trapaça, pura e simplesmente. Eu disse em um sussurro alto: — Tia Pearl, pare!

Tia Pearl olhou de relance para Antônio e Trina, mas eles se olhavam sonhadoramente e não estavam prestando atenção em nós.

— Parar com o quê? Você quer que a Vinhos Lombard seja arruinada? Quer que Antônio perca tudo pelo que trabalhou tanto? Quer que Trina perca o único emprego que teve desde que terminou a escola? Quer que eu pare tudo para que aqueles dois possam voltar para sua existência miserável?

— É claro que não! Não quero nada disso. Mas lançar feitiços é a forma errada de consertar tudo. — Minha mão voou para a minha boca. Eu quase revelara o segredo. Apesar de rumores vagos na cidade sobre nossa família excêntrica ser de bruxas, ninguém levava isso a sério. Antônio e Trina permaneceram completamente alheios ao fato de que Tia Pearl era uma bruxa sênior com poderes sobrenaturais incríveis. E ao fato de que ela não só lançara um feitiço de atração neles, como um feitiço no vinho.

Por sorte, nem Antônio nem Trina ouviram minha referência a feitiços.

— Não é um feitiço, Cen. É só poesia — Tia Pearl sorriu ao repetir o feitiço:

LOMBARD, o vinho,
   É simplesmente divino,
   O tempo o envelhece
   Não importa o que aconteça, ele vira uma finesse,
   Primeiro, engarrafamos,
   Depois, enrolhamos,
   Mas não por muito tempo,

49

Este vinho é forte,
Este elixir sofisticado,
Não precisa ser misturado,
Dólares e centavos
Não estou em cima do muro
Sobre este vinho,
Que é simplesmente divino.

— Acho que esta versão funciona um pouco melhor para Antônio, não acha?

Antônio ergueu a cabeça ao ouvir seu nome. — Ei, gostei desse poema! Pode começar de novo? Perdi o começo.

Tia Pearl piscou para Antônio. — Pode apostar que sim!

"Lombard, o vinho,
É simplesmente divino,
O tempo o envelhece..."

Antes que eu conseguisse protestar, Trina ergueu a mão para deter Tia Pearl. — É lindo... Vou buscar meu violão e vamos transformá-lo em música. Ele será a música tema da Vinhos Lombard.

Apesar de uma música tema ser um bom item de marketing, não haveria vinho no mercado se não o engarrafássemos.

Tia Pearl fingiu não ouvir Trina e começou a recitar novamente:

Lombard, o vinho,
É simplesmente divino,
O tempo o envelhece...

. . .

— Pare! — Coloquei a mão sobre a boca de Tia Pearl. — Você não pode fazer isso...

— Farei o que quiser, dona arruinadora de festas. Você é muito estraga-prazeres. Agora, tire a mão da minha boca! — Tia Pearl bateu o pé sobre o meu várias vezes.

— Ai! — Tirei a mão e cambaleei para trás por causa da dor. Não adiantava argumentar que Tia Pearl era o problema. Os feitiços dela sempre criavam problemas imprevistos, mas não havia como explicar isso sem entrar no assunto de nossa existência secreta. A única coisa boa sobre o feitiço era o fato de ele parecer ter deixado Antônio mais animado.

Ele me lançou um olhar confuso. — Por que está agredindo Pearl, Cen? É um pouco demais, não acha?

Tia Pearl era um pouco demais. Mas explicar ainda mais faria com que eu parecesse uma louca. — Desculpe... Não sei o que deu em mim. Vamos nos concentrar em engarrafar o vinho.

— Ok. — Antônio olhou desconfiado para mim. — Não é para mim que você tem que se desculpar. A poetisa Pearl estava só tentando me animar. Certo, Pearl?

Meu rosto ficou corado quando olhei friamente para minha tia. Eu não podia explicar sem revelar que minha tia estivera lançando feitiços, não músicas. Infelizmente, meu concordar silencioso me fez parecer agressiva, ou pior, aos olhos de Antônio.

Tia Pearl cantarolou baixinho: — *Este vinho é divino...*

— Trapaceira — sussurrei.

— Só estou tentando equilibrar a arena — disse ela.

— Você quer dizer contra Desiree? Não é o vinho dela que vai ganhar a competição. É porque ela está dormindo com o juiz. Seu feitiço não impedirá isso.

— Não era essa a ideia — retrucou Tia Pearl. — Eu quis dizer equilibrar a arena para que Antônio tenha uma chance contra o *merlot* de Ruby. Acha que ela fez aquele *merlot Witching Hour* sozinha? Na primeira tentativa de fazer vinho?

— Você está com inveja, Tia Pearl. — Mamãe tinha muito orgulho de seu vinho, e com razão. Ela trabalhara muito nele, seguindo fielmente as instruções de Antônio. Mamãe ficaria furiosa com a interferência de Tia Pearl.

— Não estou com inveja. — Ela apontou o dedo para mim e fez um muxoxo como uma garotinha de dois anos faria. — Não há nada do que ter inveja.

Antônio estava alheio ao chilique de Tia Pearl e ergueu uma taça de *syrah* para fazer um brinde.

— Aos amigos que ajudam amigos. — Ele bebeu um gole do vinho e saboreou-o antes de engolir. — Hmmm... Acho que este vinho está ainda melhor do que o nosso vinho de 2001. Na verdade, talvez seja o melhor *syrah* que já produzimos.

Trina e Tia Pearl erguerem as taças em um brinde. — Tim tim — disseram elas em uníssono antes de provar o vinho.

Olhei para a mesa e percebi uma taça restante. Eu não me lembrava de ver alguém realmente servindo o vinho nem oferecendo-me uma taça. Tia Pearl também me enfeitiçara?

— Pegue sua taça e beba, Cendrine — disse Tia Pearl. — Não temos o dia inteiro. — Foi como se ela tivesse lido a minha mente.

CAPÍTULO 8

erminamos de engarrafar o vinho algumas horas mais tarde. Foi surpreendentemente rápido, considerando a quantidade que conseguimos engarrafar. Olhei em volta. Havia caixas de vinho, em pilhas de três, arrumadas em fileiras ao longo da parede. Alguma coisa estava errada. Havia muito mais vinho do que poderíamos ter engarrafado.... mesmo em um dia inteiro.

Esperei até que Antônio e Trina estivessem fora do alcance da audição em outra ida ao porão. Virei-me para Tia Pearl. — Só engarrafamos uma fração disto. De onde veio o restante do vinho?

Tia Pearl deu de ombros. — Quem se importa? Os problemas de Antônio estão resolvidos por enquanto, desde que ele consiga vender o vinho.

— Você o conjurou — disse eu.

— Tínhamos um prazo impossível, portanto, acelerei as coisas um pouco. Ninguém saberá. Antônio e Trina tinham outras coisas em mente e você não dirá nada.

— Isso é trapaça, Tia Pearl. Não quero fazer parte disso. Você acusou Desiree de trapaça, mas faz exatamente a mesma coisa.

— Não, Cen. Diferentemente de Desiree, não uso o vinho de outras pessoas para trocar para o meu rótulo.

Acenei com o dedo para ela. — Você é pior porque faz vinho falso.

— Não vi você reclamando quando o bebeu — retrucou ela.

— Desfaça o feitiço, Tia Pearl.

— O feitiço no vinho de Antônio ou o feitiço no vinho de Ruby?

— Mentira.

— Receio que seja verdade. Estou ficando velha demais para lembrar todos os meus feitiços que estão ativos no momento.

— Não há como saber? — Perguntei-me se ela colocara algum feitiço em mim. Se tivesse colocado, eu não saberia dizer. Além do mais, não adiantaria nada perguntar, pois eu nunca receberia uma resposta direta.

Tia Pearl balançou a cabeça negativamente. — Não neste caso. Tenho feitiços sobre feitiços sobre feitiços. Agora, as coisas estão complicadas demais até mesmo para mim. Não consigo me lembrar do que deixei para trás.

— Sua memória funciona muito bem, Tia Pearl. Pare de inventar desculpas e desfaça os feitiços. Antônio não ganhará com trapaça.

— Ele não sabe o que é bom para si mesmo, Cen. Trapacear é a única forma de fazer a Vinhos Lombard sobreviver. Todo mundo trapaceia. Preciso pelo menos equilibrar a arena contra aquela trapaceira da Desiree. Ninguém pode negar que o vinho de Antônio é o vencedor. Na verdade, é tão bom que é ainda melhor do que o vinho de Ruby.

— É disso que se trata? Está tentando derrotar Mamãe porque está com inveja das habilidades dela na produção de vinho?

— É claro que não — disse Tia Pearl. — O merlot Witching Hour de Ruby é absolutamente exótico. Mas isto... isto vai além de exótico. É de morrer.

— Se não desfizer o seu feitiço, eu o desfarei — adverti.

— Você não pode desfazer o feitiço de outra bruxa, Cen. Mesmo se pudesse, isso também contaria como trapaça.

— Espere e verá. — Eu estava prestes a lançar um feitiço de reversão quando Antônio voltou do porão com o rosto corado e sem fôlego, com Trina logo atrás.

Não acreditei nem por um segundo que minha reversão de um feitiço equivocado era trapaça. Eu estaria consertando as coisas.

Meu feitiço simplesmente removeria o estrago de Tia Pearl e colocaria Antônio e seu vinho de volta onde tinham começado. Mas colocar tudo de volta também significaria que Antônio não estaria pronto para o festival de vinho nem teria a chance mais remota de salvar a Vinhos Lombard.

Era realmente isso que eu queria fazer?

Reverter o feitiço de Tia Pearl significava eliminar a esperança.

Eu seguia regras, mas tinha coração.

Em que tipo de mundo viveríamos se não tivéssemos esperança?

CAPÍTULO 9

Uma garoa leve caía quando Tyler chegou para me buscar para o festival de vinho um pouco antes das 9 horas da manhã.

Eu queria perguntar a ele sobre o dia anterior e os planos cancelados, mas resolvi que era melhor não perguntar. Ele estava quieto e pensativo, como se tivesse algo na mente.

Ele não parecia o mesmo.

Tyler me viu olhando para ele e olhou de relance para mim. — Qual é o problema?

— Nada — respondi. — Você parece meio... quieto.

— Só estou cansado, Cen. Desculpe por ontem à noite. Vou compensar, prometo.

Sorri, sentindo-me um pouco melhor. Passar o dia inteiro com Tyler no festival de vinho era ótimo, mas eu não conseguia parar de pensar sobre a surpresa dele. A julgar pelo humor dele, tive a sensação de que ela seria adiada de novo. Tirei aquilo da cabeça. Se eu esperasse demais, certamente ficaria decepcionada.

O festival de vinho só começaria oficialmente uma hora mais tarde, mas o fato de chegarmos cedo me permitiu ver a banca de cada adega e conversar com os participantes antes que o lugar ficasse cheio de provadores de vinho Eu ainda tinha alguns detalhes de última hora para adicionar à minha matéria do festival. Ela estava quase pronta, exceto pelos nomes dos vinhos vencedores e dos acontecimentos do dia. Mas, principalmente, eu queria garantir que a banca de Antônio estivesse pronta. Considerando o estado mental dele, eu não estava inteiramente confiante de que ele conseguiria resolver tudo, mesmo com a ajuda de Trina.

Tyler mal tinha feito a curva para entrar no estacionamento da escola quando teve que se desviar do RV enorme de Tia Pearl.

O Palácio de Pearl estava estacionado torto em duas vagas, bloqueando parcialmente a entrada. Havia mesas espalhadas do lado de fora do RV, ocupando vagas adicionais.

Ela quase certamente fizera aquilo de propósito para arrumar confusão e ver do que conseguiria se safar. Provavelmente, esperava provocar um confronto com Tyler só por diversão. Ele agora era o segundo delegado com mais tempo de serviço na cidade e ela ainda não conseguira expulsá-lo de lá. Eu não tinha dúvidas de que ela morreria tentando.

Os truques dela divertiam Tyler, mas eu me perguntei como ele se sentiria sobre o feitiço de atração que ela colocara em Antônio e Trina. Sem falar no feitiço de melhoria que ela colocara no vinho de Antônio e, provavelmente, também no vinho da Mamãe.

Havia algumas coisas que eu simplesmente não podia contar a Tyler. Apesar de ele saber que éramos bruxas, eu não via sentido em revelar coisas sobre as quais Tyler não poderia fazer nada. Isso só o deixaria frustrado.

Tia Pearl metia a varinha em tudo.

E se ela realmente tivesse colocado um feitiço de atração em Tyler? A afeição dele por mim poderia ser meramente o efeito do feitiço.

Não, aquilo era tolice. Tia Pearl teria que reforçar constantemente os feitiços, algo que acharia tedioso demais e que exigiria muito esforço. Ela não tinha absolutamente nada a ganhar com o fato de sermos um casal. Ela certamente não correria o risco de ter seu arqui-inimigo entrando para a família com um casamento.

A não ser que... ela tivesse um plano para parar as coisas antes que chegassem àquele ponto. Olhei pela janela enquanto sentia minha inquietação aumentar.

Mas aquilo era tolice. Tyler me amava, como eu o amava. Tínhamos um futuro juntos.

Não havia feitiço de atração, apenas nossa atração mútua, alimentada pelos nossos interesses em comum e por passarmos tempo juntos.

Olhei pela janela do Jeep. As pessoas perambulavam pelo estacionamento meio cheio. A maior parte dos competidores acabara de chegar. Eles descarregavam caixas de vinho de caminhonetes e manobravam a carga do líquido precioso com cuidado pelo estacionamento em direção à porta do ginásio, que estava aberta.

Tyler manobrou além do Palácio de Pearl e estacionou o Jeep em uma vaga ao lado do Corvette de Richard. A capota do conversível estava abaixada.

— Vou procurar Richard para que levante a capota. — Tyler olhou para as nuvens escuras no céu. — Parece que o céu está prestes a cair sobre nós.

Quando saí do banco do passageiro, notei duas caixas da Vinhas do Vale Verdejante, de Desiree LeBlanc, no banco de trás. Se aquela não era uma exibição patente de favoritismo e poder corrupto, eu não sabia o que seria. Desiree provavelmente as colocara lá de propósito, como se estivesse marcando território ou algo parecido.

Eu contara a Tyler sobre o aviso de Richard de execução da hipoteca e do interesse de Desiree em comprar a Vinhos Lombard. — Espero que as coisas não saiam do controle. Antônio não tem muito a perder. E ele faria qualquer coisa para impedir Desiree de comprar sua adega. Mesmo se ele recusar a oferta dela, Desiree poderá simplesmente comprar a adega depois da execução da hipoteca pelo banco.

Tyler segurou minha mão e atravessamos o estacionamento até a entrada do auditório da escola. — Deve haver alguma coisa que possamos fazer. Richard tem poder demais nesta cidade. Ele pode criar ou destruir fortunas, apesar de ter voz ativa em como aplica as regras. A temporada do vinho começou e serão os meses de maior

ganho da Vinhos Lombard. Claro que Richard pode dar uma folga a
Antônio. Verei se consigo conversar com ele.

— Vá em frente e tente. Porém, Richard já está decidido. —
Tínhamos acabado de entrar no prédio quando quase colidimos com
Tia Pearl.

A roupa vermelha dela e a faixa na cabeça da mesma cor praticamente pulsavam à medida que as luzes do ginásio refletiam cada
movimento. Ela parecia uma mistura de instrutora de aeróbica dos
anos 1980 e uma dançarina de discoteca. Por sorte, não havia luzes
estroboscópicas.

Ela jogou as mãos no ar em um pânico exagerado. — Cen, temos
um problema. Antônio...

Antônio passou apressado por nós. — Cen, esqueci do vinho!
Trina está cuidando da banca enquanto vou buscar o vinho. Já volto.

— Como pode ter esquecido a coisa mais importante... — Parei de
falar, apesar de me sentir frustrada ao perceber que todo nosso
trabalho no dia anterior fora à toa. Talvez inconscientemente Antônio
queria mesmo desistir. Porém, não poderia admitir isso para o irmão
dele. Nem para si mesmo.

Mas isso acabaria em um desastre ainda maior, pois a Vinhos
Lombard não só era o ganha-pão de Antônio, como também seu lar.
Se a hipoteca fosse executada, ele não teria onde morar.

Olhei de relance para Tyler, que, naquele momento, estava em uma
discussão acalorada com Tia Pearl sobre as vagas de estacionamento
estreitas e o RV ocupando mais de uma.

— Leve aquela monstruosidade para a rua, Pearl. Se fizer isso
agora, não levará uma multa. — Ele soltou a minha mão e virou-se
para encará-la.

O chaveiro de Tia Pearl fez barulho quando ela o girou no ar, a
poucos centímetros do rosto de Tyler. — O estacionamento da escola
é propriedade particular, delegado. Suas multas não servem aqui.

— O estacionamento, sim, mas parte do RV está na rua. Aquela
parte é propriedade pública. — Tyler tirou o bloquinho de multas do
bolso do casaco e começou a escrever.

Tia Pearl fez um muxoxo. — Peça educadamente e talvez eu considere o seu pedido.

— É uma ordem, não um pedido, Pearl.

Eu não queria me envolver na discussão deles e afastei-me em silêncio, andando até a entrada do ginásio. Passei pela porta aberta e entrei. No lado de dentro, os expositores tinham preparado bancas para vinhedos locais e regionais. Havia também outras bancas. Padeiros e artesões locais tinham colocado suas mercadorias à venda, de *muffins* de dar água na boca a mel e geleias artesanais. Olhei em volta do ginásio em busca da banca da Vinhos Lombard e encontrei-a do outro lado. Trina olhou para cima naquele momento e acenou.

Acenei de volta e atravessei o ginásio.

Eu estava a meio caminho do meu destino quando quase colidi com Desiree LeBlanc. Ela vestia uma camisa rosa comprida com gola alta que acentuava sua pele perfeitamente bronzeada. As calças brancas eram justas na cintura e nos quadris, enfiadas em botas de couro rosa. Ela não tinha um pingo de gordura no corpo, apesar das curvas.

Desiree soltou uma exclamação exagerada, como se eu fosse a última pessoa da face da Terra que esperava ver.

— Cendrine! Exatamente a pessoa que eu estava procurando. Desculpe por não ter conseguido encontrar você mais cedo nesta semana, mas eu estava tããããão ocupada me preparando para o festival. Você pode me entrevistar agora. — Desiree passou a mão com as unhas feitas pelos cabelos loiros longos. Cada uma das longas unhas estava pintada de cor-de-rosa e adornada com uma taça de vinho minúscula dourada.

— Terá que ser mais tarde, Desiree — disse eu. — Primeiro, tenho que cuidar de algumas coisas.

— E as fotografias? Quer tirá-las agora ou pode esperar até mais tarde quando eu vencer? — Desiree fez um muxoxo com os lábios e bateu os cílios, colocando as mãos nos quadris em uma pose exagerada.

Olhei além dela para Trina. Eu queria conversar com Trina sobre

Antônio antes que ele voltasse. — Posso procurar você mais tarde? Estou com um pouco de pressa no momento.

— Percebi. Se não a conhecesse, pensaria que acabou de chegar do campo. — Os olhos azuis dela avaliaram friamente minha camiseta larga, a calça *jeans* e as botas usadas, como se eu fosse uma vaca em uma exposição. Aquilo era típico de Desiree, colocar-me no meu lugar antes que levasse o troféu para casa. Ela realmente me deixava muito irritada às vezes. Fiquei tentada a lançar um feitiço de feiúra, mas consegui me deter. Eu não desceria ao nível dela.

Virei-me para passar, mas ela bloqueou minha passagem.

— Essas são... botas muito *interessantes*, Cendrine. Ouvi dizer que coisas velhas estão na moda. Ah, e outra coisa... dizem por aí que o *merlot Witching Hour* de Ruby é um concorrente para ganhar o vinho mais *aprimorado* deste ano — disse ela. — Só não sei se ela conseguirá isso com aquele rótulo horrível. Seria uma grande pena se isso acontecesse, não é mesmo?

Engoli em seco e senti o rosto quente. Eu mesma desenhara o rótulo e estava orgulhosa do resultado. — É o vinho dentro da garrafa que conta.

— Ahm... não, Cendrine. A apresentação é tudo. A não ser que faça uma boa primeira impressão com uma marca bonita, talvez seja melhor desistir agora mesmo. Aquele rótulo feio não vai servir. É só um aviso amigável de alguém que sabe do que está falando. — Ela sorriu, uma máscara perfeita sob as luzes brilhantes.

Eu queria dar um soco nela. Porém, apenas disse: — Vou comentar com ela, obrigada.

Desiree se virou para ir embora, mas voltou rapidamente. — Mais uma coisa, Cen... como Ruby é sua mãe, espero que sua reportagem seja imparcial.

— É claro. — Era praticamente certo que Desiree ganharia de novo o maior prêmio, Vinho do Ano. Fora assim nos cinco anos anteriores, durante os quais ela tivera um caso com Richard. Ainda assim, ela tinha a audácia de sugerir que minha reportagem não seria imparcial? De qualquer forma, isso não importava. O *The Westwick Corners Weekly* não era exatamente um jornal especializado em vinhos. Porém, isso não parecia importar para Desiree. Tudo, não importava o quanto fosse pequeno, tinha que estar a favor dela.

Respirei fundo. — Falando em imparcialidade, você viu o juiz Richard? — Adicionei "juiz" ao nome dele, minha forma passivo-agressiva de sugerir um julgamento parcial.

— Hmmm... vi Richard há um minuto. Ele estava descarregando o carro. Tenho certeza de que está por aí.

Se Richard estava descarregando o carro, não havia necessidade de dizer a ele que a chuva lá fora estava piorando. Ele a veria em breve e levantaria a capota do Corvette conversível. Eu não tinha desejo algum de falar com ele depois do que acontecera no dia anterior.

O que eu dissera a Desiree sobre a Mamãe pareceu satisfazê-la, pois ela finalmente me deixou continuar até a banca da Vinhos Lombard. Trina fizera um bom trabalho na arrumação da mesa para oferecer amostras do vinho. Ela a cobrira com uma toalha de mesa branca de linho com a borda recortada. Era um toque bonito que não duraria dez segundos antes de ficar cheia de manchas de vinho. Taças de vinho de plástico estavam cuidadosamente dispostas em uma pirâmide, como uma fonte de champanhe. Atrás das taças, havia duas garrafas solitárias de *syrah* da Vinhos Lombard.

Tudo estava perfeito, exceto pela falta de vinho. Era melhor que Antônio se apressasse.

— Parece ótimo, Trina — disse eu.

Trina sorriu. — Não é um trabalho perfeito? É uma bênção disfarçada o fato de Antônio ter que correr de volta até a adega, caso contrário, teria começado a Terceira Guerra Mundial. Desiree constantemente esfrega seu sucesso na cara de Antônio enquanto o pobre coitado está prestes a perder o ganha-pão.

— Não se eu puder ajudar. — Eu não tinha a menor ideia de como ajudaria, mas queria soar confiante. Obviamente, conseguiríamos achar algo.

— O que podemos fazer, Cen? Mesmo se recebermos centenas de novos pedidos de compradores de vinho hoje não será dinheiro suficiente a tempo de impedir o banco de executar a hipoteca. Farei qualquer coisa para ajudar Antônio. Se tivesse dinheiro, pagaria as parcelas vencidas da hipoteca eu mesma. Mas não tenho. — Ela baixou a voz. — Na verdade, estou quase quebrada também. Não recebi no mês passado.

— Uau... lamento ouvir isso. — As finanças da Vinhos Lombard estavam ainda piores do que eu pensara. Se algum dia houvera um caso para intervenção mágica, era aquele. As regras contra lançar feitiços para lucro eram muito rigorosas, mas e se significasse salvar alguém de ser jogado na rua? Obviamente, era possível fazer exceções.

Não.

Tinha que haver outro jeito que não fosse violar as regras da WICCA. Eu não podia usar minha feitiçaria para ganhos financeiros, mesmo que fosse para o benefício de outra pessoa. Caso contrário, seria tão ruim quanto Tia Pearl.

— Estive vivendo com minhas economias — disse Trina. — Desiree me ofereceu um emprego, mas não vou aceitar. Eu não poderia fazer isso com Antônio.

— Ele tem muita sorte de ter você — comentei. — Tente mantê-lo longe de Richard, se conseguir. Não queremos uma repetição de ontem.

Trina assentiu. — Até agora, tudo certo, apesar de Desiree já ter dado alguns golpes. Disse a Antônio que ele também poderia trabalhar para ela. Ele quase explodiu.

A banca da Mamãe era ao lado e ela ouvira nossa conversa. — Você precisa ganhar dinheiro, Trina — disse Mamãe. — Tenho certeza de que Antônio entenderia o fato de você precisar encontrar outro emprego. Se eu pudesse, contrataria você.

— Talvez você possa - disse eu. — Desiree me disse que você provavelmente ganhará o "Vinho Mais Aprimorado" deste ano.

— É mesmo? Isso seria maravilhoso. — Mamãe sorriu. — Como ela sabe disso?

— Não sabe — disse Trina. — É o insulto velado de Desiree. O que ela está realmente sugerindo é que seu vinho foi horrível no ano passado.

— Ora, ora. — Mamãe não parecia muito preocupada. — Talvez estivesse. Aprendi tanto com Antônio no decorrer deste último ano.

Meu novo *merlot Witching Hour* tem uma melhoria enorme em relação ao do ano passado.

Eu queria advertir Mamãe de que Tia Pearl provavelmente colocara um feitiço de aprimoramento no vinho dela, mas não poderia dizer nada na frente de Trina. Provavelmente não importaria, pois era tarde demais para fazer algo a respeito. Eu disse: — Tia Pearl não deveria estar ajudando você a preparar tudo?

— Pearl cancelou a ajuda porque disse que tinha que vender o vinho de Antônio para ele. — Mamãe baixou a voz. Trina estava ocupada colocando embalagens vazias de vinho em uma pilha atrás das bancas e fora do alcance da audição. — Antônio está muito encrencado, não está?

Contei a ela sobre a oferta de José, a ameaça de execução da hipoteca que Richard fizera e a recusa de Antônio em lidar com os dois. — Para completar, ele esqueceu de trazer quase todo o vinho para cá hoje. É como se ele tivesse perdido o juízo. Ajudei como pude. A não ser que as coisas mudem, ele perderá tudo na segunda-feira.

Trina voltou para a frente, parecendo estar com os olhos cheios d'água. — Acabei de me dar conta. Este será meu último festival de vinho. Pelo menos, meu último festival com a Vinhos Lombard.

Mamãe bateu de leve no braço de Trina. — Vamos pensar em alguma coisa, Trina. Vamos só aproveitar o dia. Não decepcionaremos Antônio, prometo.

O que Mamãe queria dizer? Ela estava planejando usar feitiçaria ou tinha algo mais prático em mente?

Mamãe piscou para mim. — Lá vem seu namorado.

Olhei para trás de relance e vi Tyler atravessando o ginásio em nossa direção. Ele tinha um ar de autoridade, mesmo sem uniforme. A calça *jeans* e uma camiseta preta destacavam o corpo magro e musculoso em todos os lugares certos. Quando ele chegou mais perto, meu coração deu um salto. Eu queria correr até ele e passar os braços à sua volta. Senti uma onda de emoção que não tinha nada a ver com qualquer feitiço de Tia Pearl.

Tyler sorriu quando seu olhar encontrou o meu. — Tudo certo até agora?

Assenti e virei-me novamente para Trina. — Com sorte, dará tudo certo hoje. Depois do festival, farei o que for possível para evitar que a adega caia em... — Eu me contive antes de dizer "mãos inimigas".

Tyler colocou a mão sobre o meu ombro. — Onde está Antônio?

Trina explicou que Antônio fora buscar o vinho que esquecera e acrescentou: — Ele tem estado tão desorganizado nos últimos tempos. Todo esse problema de dinheiro começou a pesar para ele. Talvez a oferta de Desiree seja melhor que nada. Ele conseguiria um pouco de dinheiro. Poderia usá-lo para começar uma nova adega, só dele, sem José.

Mamãe assentiu. — Um recomeço é uma boa ideia.

— Onde está Tia Pearl? — Olhei em volta do ginásio, mas não havia sinais da minha tia vermelha brilhante.

— Na última vez em que a vi, ela estava movendo o RV — explicou Tyler. — Ela não ficou muito feliz, mas consegui convencê-la que mais estacionamento significaria mais vendas para todos. Ela finalmente concordou comigo.

Achei aquilo estranho, mas, por outro lado, Tia Pearl estava sendo especialmente útil em tempos recentes. Ela estivera ansiosa para engarrafar o vinho de Antônio no dia anterior. Ela mudara de atitude ou estava aprontando alguma coisa?

Mamãe sorriu. — Eu não ficaria surpresa se Pearl estivesse tirando um cochilo no RV. Ela me disse que não dormiu nada durante a noite. Estava exausta de todo aquele trabalho ontem.

Franzi a testa. A maior parte do trabalho dela fora lançar feitiços, não trabalho manual, portanto, aquilo não fazia muito sentido.

— Nunca conseguiremos eliminar Desiree como primeiro lugar, mas talvez um de nós ganhe o segundo lugar — comentou Trina. — Isso deveria convencer os compradores de vinho a experimentarem nossos vinhos.

— Pelo menos, há dois outros juízes neste ano — disse Tyler. — É um grande avanço, em vez de apenas Richard. O julgamento deveria, no mínimo, ser mais imparcial.

Dei de ombros. — Em teoria, três juízes são melhores do que um só, mas isso não mudará o resultado final. Richard os escolheu. Um deles é bancário em meio expediente que quer um emprego permanente. O outro é amigo de golfe de Richard. Eles farão o que ele quiser e simplesmente endossarão a vitória de Desiree. — Os juízes adicionais eram o resultado de uma reclamação do público no ano anterior e Richard relutantemente concordara em dividir as obrigações do julgamento. Infelizmente, apenas duas pessoas tinham sido voluntárias.

Trina franziu a testa. — Não há nada que você possa fazer, Tyler? Corrupção não é contra a lei?

— Tecnicamente, sim, mas é difícil de provar e ainda mais difícil de processar — respondeu ele.

— É uma pena que seja uma competição com cartas marcadas todos os anos — comentou Trina. — É frustrante pensar que a Vinhos Lombard ficará em segundo lugar pelo quinto ano seguido. Ninguém teve a menor chance desde que Desiree abriu sua adega falsa. Ela compra o vinho de outras pessoas e apresenta como seu. Todos sabem disso e, mesmo assim, não podemos fazer nada a respeito.

A voz de Tia Pearl soou atrás de mim. — Se o delegado não fizer nada, talvez seja o momento de um pouco de justiça com as próprias mãos. — As palavras dela soaram um pouco embotadas, como se ela já tivesse bebido um tanto de vinho. Obviamente, todos bebiam no festival, mas ele nem começara ainda. Uma Tia Pearl bêbada significava que sua propensão para magia tortuosa aumentara um pouco.

— Ora, Pearl... — Tyler ergueu a mão para objetar.

Virei-me para Tyler. — Ela já estava bebendo quando você pediu que movesse o RV?

— Não fale de mim como se eu nem estivesse aqui! — Tia Pearl se colocou entre nós e virou-se para nos encarar O vinho tinto na taça de plástico balançou quando ela cambaleou. Ainda bem que ela estava com uma roupa vermelha.

— Você está bêbada! — Tentei tirar a taça de sua mão, mas ela não deixou, afastando a mão e, com isso, derramando vinho por todo lado.

— Olhe o que você fez, Cendrine! — Tia Pearl balançou o corpo ao estudar a taça vazia. — Agora acabou... — Ela cambaleou vários passos para trás.

Eu a segurei pela cintura e quase caí com ela enquanto tentava equilibrá-la.

Onde ela conseguira o vinho? Nenhuma das bancas com degustação de vinho estava aberta ainda.

A voz de Tia Pearl ficou mais alta enquanto ela balançava sobre os pés — Escute, delegado. Você permite que este arremedo de justiça continue e logo todos faremos justiça com as próprias mãos. Porém, devo dizer que o *syrah* da Vinhos Lombard é incrível, graças à minha ajuda de última hora. — Ela soluçou.

Olhei inquieta em volta do ginásio, preocupada que Desiree, Richard ou outras pessoas notassem. Por sorte, a voz dela não superou o burburinho alto das conversas da multidão crescente.

O ginásio estava rapidamente ficando cheio. Havia naquele momento cerca de cem pessoas. Algumas eram da cidade, outras reconheci como compradores de vinho e alguns do setor. O restante era de voluntários e pessoas das cidades vizinhas que procuravam algo para fazer em um sábado. O Festival do Vinho de Westwick Corners era a única ocasião do ano em que as pessoas podiam beber de dia sem se sentirem culpadas.

Tyler suspirou. — Acalme-se, Pearl. Verei o que posso fazer. Alguém viu Richard por aí?

Tia Pearl assentiu. — Ele foi embora. Saiu do estacionamento como se estivesse com as calças em chamas. — Ela soluçou. — Passou bem pertinho do Palácio de Pearl.

Tyler franziu a testa. — Richard foi embora? O festival começará em breve. Ele disse para onde estava indo?

— Ele não disse e eu não perguntei — respondeu Tia Pearl. — Acabou o interrogatório ou preciso chamar um advogado?

A boca de Tyler se curvou em um sorriso involuntário. — Você é mesmo muito engraçada.

Isso só deixou Tia Pearl ainda mais furiosa. — Seja engraçadinho o tanto que quiser. Tenho mais o que fazer. — Ela se virou e afastou-se com passos incertos em direção à porta de saída.

— Ela curará a bebedeira com um cochilo no RV — disse a Mamãe. — Depois verei como ela está.

Trina sorriu. — Está tudo bem. Se Richard chegar tarde, isso dará a Antônio mais tempo para voltar antes que tudo comece. Eu estava preocupada de ele se atrasar e ser desclassificado.

Não havia motivo para Trina, como funcionária da Lombard, não poder representar a adega. Porém, no decorrer dos anos, o festival desenvolvera todo tipo de regras antiquadas como desculpa para desclassificar os competidores por causa de detalhes técnicos. Uma daquelas regras era que o dono da adega deveria estar presente.

Aquilo me lembrou de que minha presença ali não era estritamente social. Apesar de eu ter feito artigos sobre cada competidor nas semanas anteriores ao festival, o próximo passo exigia que eu provasse todos os vinhos do festival juntamente com os juízes e desse minha opinião imparcial. Minha classificação, algumas vezes, diferia dos resultados oficiais.

Na verdade, quase sempre diferia.

Fora isso que Desiree insinuara sobre o *merlot Witching Hour* de Mamãe. Bem, ela não era minha chefe e eu poderia escrever o que quisesse. E não estaria mentindo se elogiasse os méritos do adorável *syrah* de Antônio. Não havia absolutamente nada que Desiree pudesse fazer sobre isso.

Tyler apertou minha mão. — Depois que o julgamento, e o drama, acabarem até o próximo ano, posso finalmente fazer sua surpresa. Já tem alguma ideia do que seja?

— Não, você não me deu nenhuma dica. — Sempre que eu pedia alguma dica a Tyler, ele ficava de boca fechada.

Mamãe sorriu. — Ahhh, Cen... Você vai ficar tão feliz!

— Você também sabe o que é? — perguntei. — Quando eu vou descobrir?

— Em breve — respondeu Tyler. — Muito em breve. Certo, Ruby?

— Pode me dar uma dica? — perguntei.

Naquele instante, o celular de Tyler tocou e, enquanto ele ouvia quem telefonara, a expressão dele mudou para uma preocupação profunda. Ele olhou para mim e para Trina enquanto falava ao telefone.

Ele tirou o chaveiro do bolso, com o rosto muito pálido. — Era Antônio.

— Espero que tenha dito a ele para se apressar com o vinho — disse Trina. — Aquelas duas garrafas não durarão cinco minutos.

Tyler balançou a cabeça. — Esqueça isso. Richard está morto. No porão da adega Lombard.

CAPÍTULO 10

— *T*enho que ir. Cen, venha comigo. — Tyler se virou e eu o segui.

Tive dificuldade em acompanhar Tyler, pois ele começou a andar rapidamente e saiu do ginásio. Enquanto andávamos, ele telefonou para a polícia de Shady Creek e pediu ajuda.

Tyler era a única pessoa de execução da lei em Westwick Corners, portanto a polícia de Shady Creek ajudava sempre que tínhamos investigações criminais importantes. A cidade maior ficava a cerca de uma hora de viagem, portanto, demoraria um pouco até que a ajuda chegasse. A unidade de peritos nos encontraria na adega.

Como civil, eu não poderia oferecer muito mais do que apoio moral, mas meus poderes de observação eram bons. Além do mais, como jornalista, eu iria até a cena do crime mais cedo ou mais tarde.

— Antônio me disse que os bombeiros já estão lá — disse Tyler ao atravessarmos o estacionamento até o Jeep dele. A cidade era pequena demais para contratar paramédicos. Bombeiros voluntários treinados em primeiros socorros eram os primeiros a chegar a qualquer cena de emergência. A maioria das chamadas era por motivos médicos, não incêndios.

Uma chuva constante caía. Tyler destrancou o Jeep e acenou para que eu entrasse no banco do passageiro.

Quando me sentei, vi que a capota do conversível de Richard ainda estava abaixada.

— Esperem! — Trina correu pelo estacionamento atrás de nós. — Vou com vocês.

Antes que Tyler pudesse objetar, ela entrou e sentou-se no banco de trás.

Quando Tyler saiu do estacionamento para a rua, vi o RV enorme de Tia Pearl, agora estacionado na rua. Apesar de o veículo de luxo estar agora estacionado legalmente, os toldos estavam totalmente estendidos, ainda obstruindo o trânsito de pessoas e de veículos.

Havia outro problema. Havia muito mais mesas e cadeiras que agora estavam espalhadas pelo lugar. Dezenas de pessoas se desviavam, algumas andando na rua. Vi de relance um brilho vermelho e notei Tia Pearl, em sua roupa brilhosa com uma toalha pendurada no ombro. Afinal de contas, ela não fora cochilar no RV. Em vez disso, servia bebidas a pouco mais de uma dezena de pessoas em uma bandeja grande precariamente equilibrada no braço magro. O cambalear bêbado dela de momentos antes fora apenas fingimento.

Ela olhou para cima naquele exato momento e nossos olhos se encontraram.

Igualmente depressa, ela virou o rosto, evitando meu olhar. Ela estava aprontando alguma coisa, eu não tinha dúvidas disso. Mas isso teria que esperar.

Estiquei o pescoço para olhar melhor quando passamos pelo RV. Como eu suspeitara, ela encontrara uma forma de ganhar dinheiro rapidamente. Reconheci os caixotes empilhados do lado de fora do RV, eram as caixas do *merlot Witching Hour* da Mamãe e o *syrah* da Vinhos Lombard.

Não era surpresa o fato de Antônio não ter vinho. Não fora que ele o esquecera. Tia Pearl o tinha desviado. Agora eu entendia por que ela estivera tão ansiosa para ajudar a engarrafar o vinho. Fora para que pudesse vendê-lo com lucro às custas de Antônio e de Mamãe.

Eu suspirei. — Lá vai ela de novo.

Tyler suspirou. — Esta é a segunda vez que ela viola a lei. Ela não tem licença para um bar à beira da estrada.

Trina esticou o pescoço ao passarmos pelo RV. — É o nosso vinho! Pearl o pegou bem debaixo do nosso nariz.

— Desculpe, Trina. Ela é totalmente fora de controle. — Suspirei, sabendo que nada conseguiria detê-la.

— Não há muito que eu possa fazer a respeito disso agora — disse Tyler. — Terei que lidar com ela mais tarde.

Apesar de ainda ser de manhã, o dia prometia ser cheio de crimes.

CAPÍTULO 11

*A*ntônio estava parado do lado de fora da Vinhos Lombard. Ele estava encharcado por causa da chuva, com os cabelos grudados no rosto vermelho, andando de um lado para o outro e resmungando de forma incoerente.

A camisa branca dele tinha manchas de sangue na frente e nas mangas enroladas. As mãos e os braços também estavam ensanguentados enquanto ele acenava freneticamente para nós.

Tyler parou o carro na frente da caminhonete de Antônio.

Trina saltou do Jeep e correu para Antônio com os braços abertos.

— Trina, pare. Esta pode ser a cena de um crime. — Tyler correu atrás dela e agarrou seu braço para impedi-la de encostar em Antônio. Em seguida, colocou as mãos nos ombros dela e segurou-a quando ela estendeu os braços para abraçar Antônio. — Não encoste nele, por favor.

— Ah, está bem. — Os ombros de Trina caíram e ela abaixou os braços, dando um passo atrás. — Antônio, o que aconteceu? Você está bem?

Antônio balançou a cabeça negativamente. Seu corpo todo tremia. — Richard está na adega do porão. Não sei como ele entrou lá, pois trancamos a porta ontem e não voltamos mais lá.

73

Trina assentiu. — Não entendo como Richard entrou... Eu vi Antônio trancar o porão e o prédio na sexta à tarde, Tyler. Antônio até verificou duas vezes as trancas.

Tyler franziu a testa. — A que horas foi isso?

— Perto do horário do jantar na sexta, depois que Cen e Pearl foram embora — respondeu Trina. — O vinho já tinha sido carregado na caminhonete na noite passada, portanto, não precisamos entrar no prédio nesta manhã.

— A que horas você foi embora, Trina?

Trina corou. — Eu não fui embora. Fiquei para passar a noite e fiquei com Antônio o tempo inteiro. Estou absolutamente certa de que a adega e o porão estavam trancados. Eu até mesmo ouvi o clique da trava do porão.

— Antônio, o que aconteceu?

— E-eu não sei. Desci para o porão e destranquei-o com o meu código e minha impressão digital, como sempre faço. Entrei e foi quando encontrei Richard.

— A porta do porão estava fechada quando você chegou lá? Tem certeza de que estava trancada?

Antônio assentiu.

— A porta trava automaticamente quando você a fecha? — perguntou Tyler.

— Sim. O código e a impressão digital só são necessários para destrancar a porta. Ela trava automaticamente quando é fechada.

Tyler assentiu. — Ok. Falarei com você daqui a alguns minutos. Mas, por enquanto, preciso que fique aqui até que eu volte.

— Aonde você vai? — perguntou Antônio.

— Ao porão. A porta está aberta?

— Sim — respondeu Antônio em um sussurro. — A porta está aberta, apoiada por um barril de vinho.

Parados perto de Antônio, estavam dois bombeiros voluntários. O caminhão dos bombeiros estava estacionado a poucos metros da caminhonete de Antônio. O corpo de bombeiros voluntários atendia a emergências médicas e de incêndio. Claramente, a emergência passara.

Tyler acenou para que os dois homens fossem para perto do Jeep, onde ficariam fora do alcance da audição de Antônio e Trina. Eu os segui e Tyler não objetou.

O bombeiro mais velho, Mark, falou baixinho: — Ele está lá dentro, no porão, descendo a escada. Vários ferimentos de faca no peito e no pescoço.

— Tem certeza de que ele está morto? — perguntou Tyler.

Mark assentiu e engoliu em seco. — Ninguém conseguiria sobreviver àquilo. Richard está morto, com certeza. Havia tanto sangue que eu nem consegui reconhecê-lo até que Antônio me disse quem era.

Todos na cidade tinham assuntos com Richard. Como diretor do único banco da cidade, ele decidia se a hipoteca ou o empréstimo para uma pequena empresa era aprovado ou recusado. Ele tinha muito poder na vida das pessoas e frequentemente não de uma forma boa. Eu não sabia quem desejaria sua morte, mas muitas pessoas não gostavam dele. Antônio tinha um motivo, mas certamente não era o único.

Eu queria saber mais sobre os ferimentos de Richard, mas era a investigação de Tyler, não minha. Eu não queria comprometê-la. Era uma grande matéria para o meu jornal, mas eu precisava ser paciente. Eu saberia mais em breve.

Porém, algumas coisas eram bem óbvias. Antônio era o principal suspeito, já que descobrira o corpo. Aquilo o colocava na cena do crime, que também era sua propriedade. Além do mais, Richard fora encontrado em uma adega no porão que só podia ser destrancada pelo próprio Antônio.

Antônio tinha os meios, o motivo e a oportunidade.

A notícia de primeira página estava acontecendo bem diante dos meus olhos e era difícil não fazer perguntas. Porém, a matéria não se escreveria sozinha, portanto, eu queria obter o máximo possível de informações. Eu tinha que escrever a reportagem antes que os fofoqueiros da cidade o fizessem.

Tyler chamou Antônio. — Antônio, não fale com ninguém e não toque em nada nem ninguém.

— Estou preso?

— Não neste momento — respondeu Tyler. Ele se virou para os dois bombeiros. — Não deixem Antônio longe de suas vistas. Mantenham-no aqui até que eu volte. A equipe de peritos de Shady Creek chegará em breve para ajudar. Enquanto isso, tenho que dar uma olhada rápida lá dentro. Voltarei em um minuto.

Tyler tinha uma escolha impossível com o único policial na cidade, pois não podia, ao mesmo tempo, investigar a cena do crime e interrogar um suspeito. Afinal, era isso que Antônio era, um suspeito. Torci para haver outra explicação, mas as coisas não pareciam boas para Antônio.

Trina e Antônio estavam parados perto um do outro e conversavam baixinho, já ignorando as instruções de Tyler. Antônio não corria o risco de fugir, especialmente porque sua caminhonete estava bloqueada pelo Jeep de Tyler. Ainda bem que Trina fora junto pois a presença dela deixara Antônio um tanto mais calmo.

Tyler não me deu nenhuma instrução, portanto, eu o segui para dentro da adega. Tive que apressar o passo para acompanhar o passo mais largo dele.

Ele se virou para mim. — Cen, é uma cena de crime. Não acho que você deveria...

— Estive em quase todas as cenas de crime em que você esteve. Estou cobrindo a história, portanto, posso muito bem ir com você. Posso ser um segundo olhar sobre as coisas.

Tyler balançou a cabeça negativamente. — Não. Você não pode divulgar informações que não sejam públicas.

Ergui as sobrancelhas. — Você sabe que não publicarei nada sem passar por você antes. Além do mais, você não deveria ir lá sozinho. Posso corroborar o que você vir e ajudá-lo a documentar tudo. Pelo menos, deixe-me ficar até que a polícia de Shady Creek chegue.

— Está bem. Mas não encoste em nada. — Tyler tirou um saco de luvas de látex do bolso. Em seguida, estendeu-o para mim. Peguei um par das luvas e calcei-as. Depois de calçar outro par, ele guardou o saco novamente no bolso.

Ao descermos a escada, o brilho quente da luz do porão iluminava o corredor. A porta da adega estava entreaberta, com o brilho amarelado da luz lá dentro quase convidativo.

Tyler entrou e acenou para que eu o seguisse em um arco largo à direita.

Logo vi o motivo. Pegadas de sangue cruzavam o chão de concreto polido da adega. As pegadas ficavam mais escuras e definidas à medida que avançávamos pela adega. A julgar pelo tamanho das pegadas, elas pareciam ser de sapatos masculinos com sola de tênis de corrida. Elas faziam um círculo antes de desaparecer nas poças grandes de sangue que manchavam o chão. No centro de todo aquele sangue, estava o corpo de um homem. Ele estava deitado no chão, de costas, com um braço sobre a barriga e o outro ao lado do corpo. A camisa estava tão encharcada de sangue que era impossível dizer qual era a cor.

O rosto do homem estava totalmente coberto de sangue, quase irreconhecível. Porém, eu sabia que tinha que ser Richard, pois a altura e o porte dele eram inconfundíveis. Os braços estavam com vários cortes que pareciam ser ferimentos defensivos.

Richard lutara muito pela vida, mas perdera.

Os ferimentos iam muito além do que era necessário para matar alguém. Até mesmo eu percebi isso. O assassino estivera com muita raiva e devia odiar Richard a ponto de querer se vingar.

Tyler ergueu o celular enquanto ditava o que encontrara. — Vários ferimentos de corte, no peito e no pescoço.

— Mais pegadas. — Apontei para o concreto polido. Parecia haver dois conjuntos, o que era evidenciado pelos diferentes padrões de sola. Algumas eram claras, outras manchadas. O segundo conjunto também era de pegadas grandes, claramente sapatos masculinos. Eu não percebera os dois conjuntos de pegadas ao entrar. Porém, por outro lado, eu estivera concentrada em me preparar para o que veria na adega.

— Um par de sapatos da vítima e outro do assassino? — perguntei.

Tyler franziu a testa. — Pode ser, mas duvido que a vítima ficaria de pé depois de perder tanto sangue. Poderia ser um assassino e um cúmplice.

— Não acredito que Antônio tenha feito isto. Como ele poderia? Ele saiu do festival sozinho e telefonou cerca de quinze minutos depois. É tempo suficiente para matar alguém? Richard saiu logo antes de Antônio, de acordo com Tia Pearl. Cada um estava no próprio carro.

— O cúmplice do assassino poderia já estar aqui, esperando — comentou Tyler.

Pelo menos, ele foi cuidadoso o suficiente para não dizer que era o cúmplice de Antônio.

Tyler ditou novamente no telefone. — Nenhum sinal de furto nem de entrada forçada. Claramente, muita raiva contra a vítima, a julgar pela quantidade de ferimentos. Este crime foi algo pessoal.

Eu assenti. — Richard é um homem grande. Teria sido difícil acabar com ele, mesmo com um ataque surpresa ou de raiva. — Meu coração acelerou quando me lembrei do encontro raivoso de Antônio com Richard no dia anterior. Ele estivera um pouco fora de si recentemente, mas não iria tão longe a ponto de matar alguém.

Ou iria? Ele estivera agindo de forma tão estranha nos dias anteriores que qualquer coisa era possível.

Tyler guardou o celular no bolso do casaco. — Você ficaria surpresa com o que as pessoas fazem quando estão desesperadas, Cen. No momento, tudo aponta para Antônio. Ele descobriu o corpo de Richard e, de acordo com o testemunho ocular de Pearl, saiu do estacionamento da escola logo depois de Richard. Isso significa que Antônio provavelmente foi a última pessoa a ver Richard vivo. Também não quero acreditar, mas, a não ser que Antônio consiga colocar outras pessoas nessa linha do tempo, não há mais ninguém envolvido.

— Mas...

— Tenho que ir aonde os fatos me levam. — Tyler gesticulou na direção da escada. — Vá lá para cima, irei em um minuto. Quero filmar a cena para analisá-la mais tarde.

— Os peritos em cena de crime de Shady Creek não cuidarão disso?

Ele assentiu. — Sim, mas, por enquanto, vou gravar a minha versão para poder começar a trabalhar no caso imediatamente. A cidade inteira ficará nervosa. Preciso resolver isto depressa.

Subi a escada do porão e atravessei a adega, tendo o cuidado de ficar afastada das pegadas de sangue que ficavam mais fracas à medida que saíam do porão. O segundo conjunto mal era visível, exceto por saltos manchados, quase como se a pessoa estivesse mancando ou andando de forma irregular.

Havia mais uma coisa. Tínhamos carregado a caminhonete de Antônio na noite anterior, mas não fora todo o vinho. Havia vinho demais para que coubesse na caminhonete, portanto tínhamos empilhado o excesso contra a parede. Porém, ele desaparecera.

Tia Pearl levara o vinho da caminhonete de Antônio e o que sobrara dentro da adega? Isso significava que ela também retornara até lá. Ela também voltara ao porão?

Passei pela porta aberta da adega e respirei fundo o ar fresco. Senti os olhos de Antônio sobre mim enquanto eu andava na direção dos homens.

Ele parecia assustado.

Aquela era uma confusão da qual eu não conseguiria tirá-lo.

CAPÍTULO 12

Ficamos parados em um silêncio constrangedor enquanto os minutos passavam lentamente. Havia muita coisa que eu queria perguntar a Antônio, mas permaneci em silêncio. Olhei em volta da propriedade, absorvendo o máximo possível de informações. As coisas pareciam praticamente iguais ao que tinham parecido no dia anterior. Mesmo assim, peguei o celular e gravei a cena, achando que pistas poderiam ser reveladas com uma inspeção mais cuidadosa posteriormente. Movi o celular lentamente pela propriedade, da entrada do estacionamento à adega e, depois, pela casa de Antônio, que ficava a alguns metros do prédio da adega.

Tyler saiu da adega depois do que pareceu ser um longo tempo. Ele acenou para que Mark se aproximasse dele na entrada. Os homens estavam fora do alcance da audição, mas Tyler estava com o telefone erguido e suspeitei de que estava gravando um depoimento de Mark. Eles conversaram por cerca de cinco minutos antes de andarem de volta até onde estávamos. Mark passou por nós sem dizer uma palavra e juntou-se ao outro bombeiro que aguardava ao lado do caminhão.

— Isolei o prédio até que o médico legista e os peritos em cena do crime de Shady Creek cheguem. Não deverão demorar muito mais — disse Tyler para Antônio e eu.

— Peritos em cena do crime? — perguntou Antônio.

— É o protocolo sempre que alguém morre de causas não naturais, Antônio.

Obviamente. Antônio devia estar em choque. Chutei um pouco de terra, sentindo-me inquieta.

— Ah. — A voz de Antônio não tinha expressão alguma.

Olhei para os pés de Antônio. Os tênis dele estavam manchados de sangue e tinham tamanho similar aos rastros que eu vira no porão. Eu não conseguiria ver a sola, exceto no caso improvável de ele levantar os pés. Apertei os olhos para tentar ver um logotipo ou nome de marca, mas as manchas de sangue tornavam isso impossível. Os peritos confirmariam, em algum momento, se as pegadas eram ou não de Antônio, mas eu queria saber logo.

Dei um pulo ao ouvir portas batendo, mas eram apenas os bombeiros entrando no caminhão.

Observamos em silêncio quando eles ligaram o caminhão e saíram pelo portão de volta para a cidade.

Trina andou em direção ao portão, seguindo o percurso do caminhão. Ela falou ao telefone em voz baixa, como se não quisesse ser ouvida. Ela andou em um círculo por um ou dois minutos antes de terminar a conversa e guardar o celular novamente no bolso.

Ela andou de volta até nós sem dizer nada.

O ROSTO de Tyler não tinha expressão. — Diga-me o que aconteceu, Antônio.

A mão de Antônio estava trêmula quando encostou no rosto, que também estava manchado de sangue. — Quando voltei aqui para pegar o meu vinho, a primeira coisa que notei foi que a porta principal da adega estava destrancada. Eu sei que estava trancada quando saí esta manhã.

— Ouviu algum barulho ou viu mais alguma coisa fora do lugar?

— Não — respondeu Antônio. — Verifiquei em volta, mas não

havia mais ninguém lá dentro e nada foi mexido. Exceto por todo o vinho que fora empilhado contra a parede. Ele não estava mais lá.

— Foi quando desci até o porão para ver se o vinho estava lá e eu não vira antes. Desci a escada, destranquei a porta da adega e entrei. Liguei a luz, mas ela não é muito forte e eu estava concentrado em encontrar mais vinho depressa. Andei diretamente para as prateleiras de vinho na parede do outro lado do porão. E-eu não vi Richard no começo. Porém, tropecei em algo e acabei vendo Richard no chão. Ele estava lá, morto... no chão da minha adega.

Tyler disse: — Hmm... Então, a adega estava aberta, mas o porão estava trancado.

Antônio assentiu. — É estranho, mas imaginei que fosse um arrombamento e que os intrusos não tinham conseguido destrancar o porão, portanto, foram embora.

— Você não notou o sangue por toda parte?

Antônio balançou a cabeça negativamente. — Não, pois não havia sangue na adega, só no porão. Acho que eu estava tão concentrado em pegar mais vinho que não prestei muita atenção aos arredores.

— Ok... Então, você encontrou Richard. Como sabia com certeza que ele estava morto? Verificou se ele tinha pulso?

— Tentei... mas vi que ele não se mexia... que o peito dele não subia nem descia. Não sei como eu soube com certeza... só soube. Havia tanto sangue que não achei que seria possível...

Aquela explicação não combinava com as roupas ensanguentadas de Antônio. Se ele não ajudou e Richard já estava morto, por que estava coberto de sangue?

— Quanto tempo se passou até telefonar em busca de ajuda depois de descobrir Richard? — perguntou Tyler.

— Telefonei imediatamente. Corri para fora porque estava preocupado de a pessoa que matou Richard ainda estar aqui. Corri até o portão e telefonei primeiro para o corpo de bombeiros, depois para você. — A voz de Antônio estava rouca. — Eu deveria ter feito algo diferente?

Tyler não respondeu.

— Tem certeza de que não deixou o porão destrancado, Antônio?

— perguntei. — Conte a Tyler sobre a sua trava de segurança de alta tecnologia.

— Instalei uma nova trava de segurança há poucos meses. Ela usa uma combinação de um código e minha impressão digital. É uma trava biométrica. Deveria ser à prova de furto, mas alguém entrou.

Rapidamente expliquei a Tyler sobre a trava de segurança biométrica do porão e como só podia ser destrancada com o código e a impressão digital de Antônio sobre o sensor.

Tyler franziu a testa. — Uma trava biométrica não é um exagero para uma cidade pequena?

— Pelo jeito, não — comentou Trina. — Richard é prova disso. De alguma forma, ele entrou, não foi?

— Quem mais tem a chave, Antônio? — perguntou Tyler. — Trina? José?

Antônio balançou a cabeça negativamente. — Só eu. José disse que não queria sua impressão digital cadastrada na trava por medo de que alguém cortasse seu dedo ou algo assim. Obviamente, foi uma desculpa, pois não ter acesso significaria que ele também não precisaria trabalhar.

Tyler franziu a testa novamente. — José é coproprietário da adega. Como ele não tem acesso?

Antônio deu de ombros. — José não teve acesso desde que a nova trava foi instalada. Tentei convencê-lo a colocar um código e a impressão digital, mas ele vivia arrumando desculpas. Estava sempre longe ou ocupado com alguma outra coisa. Ele me disse que faria isso, mas não fez.

— Trina também não tem acesso?

— Não — respondeu Antônio. — José se recusou a deixá-la ter acesso.

Trina se encolheu ligeiramente. Ela afastou o olhar, claramente constrangida.

— Por que não? — perguntou Tyler. — Trina é sua funcionária em tempo integral. Não é arriscado restringir o acesso a apenas uma pessoa? E se alguma coisa acontecesse com você?

— O problema é mais José do que Trina — respondeu Antônio. —

Ele acha que Trina age mais como proprietária do que como funcionária. É disso que gosto nela, ela trata nosso negócio como se fosse dela. Ela toma boas decisões e ajudou-me em situações complicadas mais vezes do que consigo contar. A verdade é que eu não conseguiria sem ela. José está sempre me deixando na mão e posso contar com Trina para cuidar das coisas. Não sei por que eu cedo a ele o tempo todo. Na verdade, quando o técnico vier na segunda, pedirei a ele que configure o acesso dela ao porão. Não me importo se José gosta ou não da ideia.

— Na segunda, será o banco que tomará as decisões — relembrei a Antônio. — Além do mais, esta é uma investigação ativa de assassinato. Você nunca terá permissão de alterar o acesso de usuários à trava do porão. Duvido que consiga até mesmo consertar a luz. Tudo são provas e devem ficar exatamente como estão por enquanto.

— Cen está certa — disse Tyler. — Tudo está suspenso por enquanto.

— Até mesmo a execução da hipoteca? — Trina parecia esperançosa.

— Pelo menos, a posse física. — Tyler olhou para Antônio. — Mais uma coisa... você precisará encontrar outro lugar para ficar por algum tempo.

Eu me perguntei como o banco teria acesso depois da execução da hipoteca. Eles poderiam forçar Antônio a destravar a porta com sua impressão digital? Ou a porta poderia ser removida de alguma forma?

Era como se Antônio tivesse lido minha mente. — Lembre-se de manter a porta do porão aberta. Se ela trancar, você não conseguirá abri-la de novo. Até mesmo as dobradiças ficam para o lado de dentro para que não possam ser adulteradas.

— Nada é à prova de adulteração. Com as ferramentas certas... — Minha voz sumiu. Um conjunto de feitiços provavelmente também poderia abrir a porta. Eu tinha que reconhecer esse fato, por mais desagradável que fosse.

— Está planejando ir a algum lugar, Antônio? — O olhar de Tyler encontrou o dele.

— Não, claro que não — respondeu Antônio. — Só que, se eu não

84

tiver permissão para voltar à minha propriedade, você precisará de um plano B para a trava.

Tyler pigarreou. — Disse o cara que não tem um plano B. Tudo naquela trava diz que foi você quem a abriu, Antônio. Se tiver alguma informação contrária, precisa me dizer agora mesmo.

— Você terá que perguntar à SecureTech, a empresa que a instalou — disse Antônio. — Já pedi a um técnico que venha na segunda para consertar uma lâmpada queimada e trazer um novo manual de instruções. Você poderá falar com ele nesse dia.

— Não posso esperar tanto — retrucou Tyler. — Vou telefonar e pedir que venham agora.

Antônio balançou a cabeça negativamente. — Não há como trazer alguém aqui em um sábado. Eles ficam a uma hora de distância e estão fechados até segunda. E também não há como falar com alguém pelo telefone nos fins de semana.

— Vou precisar do seu código. — Tyler entregou o bloco de notas e uma caneta a Antônio. Ele esperou até que Antônio escrevesse o código e pegou o bloco e a caneta de volta — Além disso, vou confirmar tudo o que você disse com José.

— Vá em frente. Porém, ele está fora da cidade por alguns dias entregando vinho na costa — comentou Antônio.

Tyler franziu a testa. — Não tem problema. Vou encontrá-lo.

— Acabei de fazer isso — disse Trina. — Ele deu meia volta e está retornando para cá agora.

Tyler disse: — Você falou que é o único que tem acesso, Antônio. Mas eu não vi sinais de entrada forçada.

— A SecureTech também tem muitas explicações a dar — disse Antônio. — Eles me disseram que essa tecnologia não pode ser violada, que nem mesmo copiar minha impressão digital enganaria a tecnologia secreta deles. Não entendo como alguém conseguiu entrar.

— Nem eu — retrucou Tyler em tom tenso. — A não ser que Richard tenha conseguido destrancar a porta, fechá-la atrás de si e depois cometer suicídio.

Antônio deu de ombros. — Também parecia impossível para mim, mas lá estava ele. Meu pé bateu em algo pesado e foi quando tropecei e perdi o equilíbrio. Caí em cima dele. O corpo parecia meio, ahm, não sei... sem vida e denso. Não sei como explicar, mas ele não se moveu nem emitiu som algum quando... — Antônio estremeceu e respirou fundo. — Eu tenho certeza de que tranquei o porão, Tyler. Trina já lhe disse isso, portanto, você também tem a palavra dela.

Tyler disse: — Você não foi até o porão nesta manhã? Talvez para pegar algumas garrafas extras para o festival?

Antônio balançou a cabeça negativamente. — Não. Cen e Pearl me ajudaram a carregar a caminhonete na tarde de ontem para que eu não tivesse que fazer nada hoje de manhã. Estava tudo preparado, pelo menos até eu chegar ao festival e descobrir que a maior parte do meu vinho sumira.

Prendi a respiração. Como Tia Pearl acabara com todo o vinho de Antônio, era razoável supor que ela estivera na adega e, talvez, no porão. Ela estivera muito interessada na trava do porão e gostava muito de um desafio. A bruxaria conseguia derrotar uma varredura de impressão digital? Se sim, isso significava que o porão poderia ter sido destrancado por outra pessoa que não Antônio.

Talvez. Eu tinha que descobrir isso de alguma forma.

Tyler perguntou: — Por que não notou que o vinho tinha sumido antes de chegar ao festival? Não percebeu que sua caminhonete tinha sido invadida?

Antônio balançou a cabeça negativamente.

A Vinhos Lombard tinha um portão trancado na entrada e as caixas de vinho tinham sido carregadas na cabine e na caçamba coberta da caminhonete. Eu vira Antônio trancá-la depois que terminamos de carregá-la no fim da tarde do dia anterior.

— A caminhonete estava trancada e carregada com pelo menos cinquenta caixas de vinho. Você não notou que elas tinham desaparecido? — perguntei a Antônio.

— As caixas de vinho não tinham desaparecido. Quero dizer, as caixas estavam todas lá, mas vazias, todas as garrafas dentro delas tinham desaparecido. Só percebi que não havia nada dentro das caixas quando comecei a descarregá-las no festival. O vinho guardado na caminhonete na noite passada tinha desaparecido. Porém, o portão da adega ainda estava trancado quando fui embora. Minha caminhonete também estava trancada. Não entendo o que aconteceu.

— Já são quatro trancas — comentou Tyler. — O portão, a adega, o porão e a caminhonete.

Antônio deu de ombros. — É um mistério para mim.

Tia Pearl tinha algumas explicações a dar. Ela pelo menos confessaria ter pegado o vinho de Antônio? Conhecer a extensão do envolvimento dela poderia revelar suspeitos adicionais. Ela obviamente arrombara a caminhonete dele. Tinha também aberto uma trava biométrica de alta segurança? Sem a confissão dela, Antônio parecia extremamente culpado.

— Alguém mais tem a chave do portão? — perguntou Tyler.

— Trina e Ruby West têm as chaves do portão e da adega, mas não do porão. Obviamente, José também tem as chaves, mas ele está fora da cidade — respondeu Antônio. — Porém, ele não roubaria o próprio vinho. Pearl West colocou uma banca na rua, do lado de fora do festival. Ouvi dizer que ela estava vendendo o meu vinho. Nunca lhe dei nada do meu vinho, onde ela o conseguiu? — Antônio se virou para mim. — Foi por isso que vocês duas estavam tão dispostas a me ajudar ontem? Para que pudessem deixar meu vinho na caminhonete durante a noite e roubá-lo?

Fiquei chocada com a acusação dele. — É claro que não! Eu queria ajudar você e Tia Pearl insistiu em vir comigo. Não posso falar por ela, obviamente, mas minha tia provavelmente achou que estava ajudando você de uma forma estranha própria.

Eu não acreditava mais nisso, mas não fazia ideia do que mais poderia dizer. Tia Pearl fazia muitas coisas, mas roubar não era uma delas. Pelo menos, não que eu soubesse. Por outro lado, ela poderia facilmente ter usado a chave do portão da Mamãe. E era verdade que ela estava vendendo o vinho de Antônio no bar na beira da rua sem a permissão dele.

Tecnicamente, ela não precisava roubar o vinho de Antônio. Ela poderia simplesmente ter conjurado mais vinho, mas lucrar com feitiçaria era rigorosamente contra as regras da Associação Internacional de Bruxas. Tia Pearl já recebera uma advertência da WICCA no Natal anterior. Ela não poderia receber uma segunda, pois seria suspensa.

Portanto, em vez de usar feitiçaria, ela pegara fisicamente o vinho de Antônio, esvaziando as caixas para que não fosse descoberta imediatamente. Em vez de violar o código da WICCA, ela violara o código criminal. Tia Pearl era uma ladra e eu sentia pena de Tyler por ter que prendê-la.

Entretanto, as advertências da WICCA nunca tinham detido Tia Pearl antes. Ela gostava de violar regras. Na verdade, ela adorava fazer isso. Ela sabia muito bem que pegar o vinho de Antônio acabaria em um desastre para ele no festival. A interferência dela era terrivelmente maliciosa ou algo muito pior. O vinho desaparecido de Antônio o forçara a voltar até a adega, onde encontrara Richard.

A alegação de Tia Pearl de ajudar Antônio a engarrafar o vinho fora, na verdade, para ajudar a si mesma. Eu estava furiosa. Se ela tinha outra explicação, eu não conseguia imaginar qual seria. Eu tinha que pelo menos falar com ela antes de contar minhas suspeitas a Tyler.

Mas, por enquanto, isso teria que esperar, pois agora havia uma investigação de assassinato.

Antônio ergueu as mãos enquanto falava, revelando vários arranhões em seus braços. Eles pareciam novos, como se ele tivesse participado de uma briga.

Tyler também os notou. — O que aconteceu?

— Quando voltei para a adega, eu me cortei no portão quando tentei abri-lo. Minha camisa ficou presa no arame farpado. Quando tentei me soltar, perdi o equilíbrio e meus braços também ficaram presos. Os cortes foram profundos o suficiente para que não parassem de sangrar.

Trina franziu a testa, mas não disse nada.

— É mesmo? — Tyler olhou para a rua, mas os peritos de Shady Creek ainda não tinham chegado. Ele se virou novamente para Antônio. — Você arranjou o encontro ou foi Richard? — Tyler estreitou os olhos ao observar a reação de Antônio.

— Nenhum dos dois... não era um encontro. Não telefonei para

Richard e ele não me telefonou. O portão estava trancado quando voltei, exatamente como eu o deixara. O carro dele também não estava lá fora. Eu não esperava ver ninguém na propriedade, muito menos Richard. Ele deveria estar no festival, assim como eu. Afinal de contas, ele estava julgando a competição.

— Você notou mais alguma coisa fora do comum?

Antônio balançou a cabeça negativamente. — Não. Eu estava com pressa para voltar ao festival porque Trina estava sozinha na nossa banca. Entrei na adega e fui diretamente para o porão.

— Você estava sozinho o tempo todo? — perguntou Tyler.

— É claro que eu estava sozinho. Você sabe que Trina ficou no festival.

Tyler assentiu. — Ninguém se encontrou com você aqui?

— Quantas vezes tenho que lhe dizer, Tyler? Ninguém veio comigo e ninguém me encontrou aqui. Richard já tinha vindo ontem para me dizer que o banco executaria a hipoteca. Depois, ele foi embora. Não havia nada a fazer até que eu conseguisse ou não o dinheiro. Não havia motivo para ele estar aqui. Ele deveria estar no festival porque o julgamento começaria em breve. Não sei por que ele estava aqui.

— O festival fica a poucos minutos daqui — comentou Tyler. — Tempo suficiente para uma conversa rápida sobre algo importante. Como perder a sua adega e a sua casa.

— Não foi o que aconteceu. — A voz de Antônio ficou mais alta por causa da frustração. — E não perdi nada ainda.

— Não, mas está prestes a perder. Talvez tenha telefonado para Richard para tentar um adiamento ou um refinanciamento?

Antônio ergueu a mão para objetar. — Tentei isso antes, mas ele não cedeu um milímetro. Pergunte a Cen. Ela estava aqui comigo ontem quando Richard me deu o ultimato. Era pagar ou esperar que o banco executasse a hipoteca.

— Richard disse a Antônio que ele tinha até segunda-feira — disse eu.

A triste verdade era que Antônio tinha um motivo muito forte para matar Richard. O Antônio que eu conhecia nunca usaria violência. Ainda assim, à medida que as dificuldades financeiras pioravam, a personalidade dele mudara. O desespero fazia com que as pessoas fizessem as coisas mais inimagináveis.

Mesmo assim, eu não acreditava que Antônio poderia se transformar em um assassino a sangue frio.

A não ser que...

E se o feitiço de atração de Tia Pearl tivera efeitos não intencionais? A paixão podia motivar uma pessoa a fazer o bem e o mal. Antônio era apaixonado pela adega, que estava prestes a ser tirada dele.

Talvez Tia Pearl tivesse lançado um segundo feitiço sem o meu conhecimento. E, o mais importante, se um feitiço adulterara a trava biométrica, como eu poderia provar isso? Eu precisava descobrir se era verdade.

Virei-me para Antônio. — Se ninguém além de você consegue destrancar o porão, qual é o seu plano B se algo acontecesse? Claro que deve ter um. De que outra forma alguém entraria no porão?

Antônio inclinou a cabeça em direção a Trina. — Eu tinha planejado adicionar Trina, mas José objetou e ainda não pensei em um plano B. Sei como isso soa idiota agora. — Antônio se encostou no prédio, parecendo exausto. Ele desceu o corpo até ficar sentado com as pernas esticadas.

Tyler não disse nada.

Ele não precisava, pois todos estávamos pensando a mesma coisa.

Antônio quebrou o silêncio. — Você acha que sou o único que poderia ter feito isso?

— Eu não disse que você fez ou não fez, Antônio — respondeu Tyler. — Só estou juntando os fatos no momento. Mas, com base em tudo o que disse até o momento, ninguém mais pode entrar no porão além de você. O que significa que ninguém poderia ter deixado Richard entrar além de você.

— Eu juro que não matei Richard. Deve haver alguma explicação lógica.

Antônio não mencionara o segundo conjunto de pegadas. Ou ele não as notara ou achara que nós não as tínhamos notado.

— Há alguma forma de neutralização para que não precise usar a impressão digital? — perguntei. — E se faltar energia? A trava tem memória ou só é redefinida?

Antônio balançou a cabeça negativamente. — As configurações permanecem na memória. A SecureTech me disse que há uma bateria de reserva e nada é apagado.

Tyler se virou para mim. — Cen, pode descobrir mais sobre o fabricante da trava?

Eu assenti. O médico legista e os peritos de Shady Creek davam apoio no caso de crimes graves em Westwick Corners, mas a investigação geral ainda era de Tyler, a não ser que ele solicitasse ajuda formalmente. Ele só faria isso como último recurso.

Tyler perguntou: — Você encostou em alguma coisa dentro da adega ou do porão?

Antônio assentiu. — O interruptor de luz no topo da escada para o porão, o corrimão da escada, ahm... muitas coisas. Tudo aconteceu muito depressa.

Apontei para as mãos e a camisa cheias de sangue. — O sangue...

— Caí sobre ele. Deve ter acontecido quando saí de cima dele e levantei. Além disso, eu tinha acabado de cortar os braços no arame farpado do portão...

Tyler esfregou o queixo. — Hmm... Então o sangue estava relativamente fresco. Ele não estava lá havia muito tempo.

— Você tem alguma câmera de vigilância, Antônio? — perguntou Tyler.

— Temos uma câmera instalada do lado de fora do prédio, mas ela parou de funcionar há cerca de um ano. Nunca a troquei.

— Conveniente para o assassino — comentou Tyler.

Achei estranho o fato de Antônio não ter trocado a câmera antes de instalar uma trava cara e de tecnologia mais recente. Mas talvez uma trava fosse melhor, pois as câmeras só mostravam os crimes depois que tivessem ocorrido e não impediam a entrada não autorizada. Mesmo assim, o sistema de segurança do porão parecia um exagero. Furtos eram raros em nossa cidade tão pequena. Ou, talvez, não tão raros, considerando que Tia Pearl pegara o vinho de Antônio.

Ela também conseguira passar pelo portão trancado, mas isso era fácil para uma bruxa. Isso não a tornava uma assassina, mas significava que ela tinha quase que o mesmo acesso que Antônio. Ela tivera também uma forma mágica de abrir a trava supostamente à prova de falhas da SecureTech? Em caso positivo, isso poderia explicar o acesso ao porão por alguém que não fosse Antônio.

Isso me deixou aliviada e morrendo de medo.

CAPÍTULO 13

yler me deixou no escritório no começo da tarde para que eu pudesse investigar a trava da SecureTech de Antônio. Tyler foi para o rancho Harcourt para notificar a esposa de Richard, Valerie. Eu não tinha a menor inveja dele.

Minhas pernas pareciam pesadas quando subi a escada até o meu escritório. O fim de semana não fora nada como eu esperara. Um dia divertido no festival de vinho seguido da surpresa prometida por Tyler tinham se transformado em uma investigação de assassinato e inconsistências desconfortáveis sobre nosso vizinho e amigo. Como as coisas tinham dado errado tão depressa?

A polícia de Shady Creek transportara Antônio para a sede deles a uma hora de distância, onde obteriam amostras do DNA e das impressões digitais dele. Além disso, as roupas, os sapatos, a pele e as unhas dele seriam examinados em busca de provas forenses. Dependendo dos resultados iniciais, Antônio seria liberado ou mantido lá até a chegada de Tyler.

Ter a polícia de Shady Creek para concluir os exames forenses era uma necessidade prática, já que Tyler era o único agente da lei na cidade e não poderia estar em dois lugares ao mesmo tempo. Antônio e Tyler também se conheciam razoavelmente bem. Como eram amigos, fazia sentido que outras pessoas coletassem as provas forenses. Isso garantia a imparcialidade e eliminava quaisquer acusações de favorecimento. Esses elementos seriam importantes, não importava se Antônio fosse ou não acusado e julgado pelo assassinato de Richard.

Liguei meu computador e procurei informações sobre a Secure-Tech. Logo, encontrei o site deles, que tinha fotos de diferentes travas. Algumas eram travas com chave, outras de combinação e outras ainda, como a de Antônio, com recursos de segurança biométrica. Reconheci a trava biométrica de Antônio imediatamente, mas encontrei pouquíssimos detalhes na descrição além de ela ser a trava de tecnologia de ponta. O site só listava informações de contato de vendas, mas lembrei-me de que Antônio tinha marcado uma visita de um técnico na segunda-feira. Era tempo demais para esperar. Enquanto isso, eu teria que ser criativa. Tinha que encontrar um técnico antes disso ou encontrar um manual de instruções para confirmar o funcionamento da trava.

Eram mais de 3 horas da tarde quando Tyler voltou do rancho Harcourt.

Ele entrou e lentamente se sentou na cadeira ao lado da minha mesa. Ele parecia exausto. Contei a ele o pouco que descobrira sobre a trava de Antônio e a visita do técnico na segunda-feira.

— Não podemos esperar tanto tempo. Vou tentar conseguir as informações de contato do técnico para que ele venha mais cedo — disse Tyler.

— Como foram as coisas com Valerie?

— Não consegui encontrá-la — respondeu ele. — Porém, falei com a caseira dela. Ela passou a manhã inteira fora, andando a cavalo. Não levou o celular, portanto, não havia como falar com ela. Eu disse à caseira para pedir a Valerie que me telefonasse assim que chegasse em casa. Espero que seja logo, pois não sei por quanto tempo conseguirei manter as coisas em segredo.

— A caseira não sabe sobre Richard?

Tyler balançou a cabeça negativamente. — Eu só disse a ela que era um assunto urgente.

Tyler olhou para o relógio. — É melhor voltarmos ao festival.

Espero que nenhuma notícia tenha vazado ainda sobre Richard. De qualquer forma, quero tirar todo mundo de lá assim que a licença para beber expire às 5 horas da tarde.

Com tudo o que acontecera, eu quase me esquecera do festival de vinho. Tia Pearl ainda estava vendendo o vinho de Antônio? Provavelmente. Peguei minha bolsa e minhas chaves.

Tyler me seguiu do escritório para o corredor e esperou enquanto eu trancava a porta atrás de mim. Fomos para o lado de fora, onde batia uma brisa fria.

A chuva parara de cair e o sol brilhava por trás das nuvens que se moviam rapidamente.

— Valerie também poderia ser suspeita — comentei. — Ela tem um motivo e nenhum álibi. Ouvi dizer que ela queria o divórcio.

— Pode ser — disse Tyler. — Exceto que ela é uma suspeita sem acesso ao porão.

— As pessoas devem estar pelo menos se perguntando sobre o que aconteceu com Richard — disse eu enquanto andávamos até o Jeep de Tyler. — Ele está desaparecido há horas. Duvido que o julgamento dos vinhos tenha avançado sem ele.

— É isso que me preocupa — comentou Tyler. — A cidade inteira provavelmente já está bêbada. Precisamos terminar o julgamento e encerrar o festival. Não quero que as pessoas descubram durante o festival. Soltarei a notícia mais tarde, à noite. Caso contrário, com uma multidão bêbada, teremos problemas.

Eu disse a ele: — Além da trava, não acha que Valerie seria muito beneficiada? Ela teria recebido metade de tudo com o divórcio. Com Richard morto, ela fica com tudo sem precisar brigar.

— Verdade, ela tem motivo — disse Tyler. — Além disso, com base na gravidade dos ferimentos, o assassino tinha uma relação com a vítima. Mais de um dos ferimentos o teriam matado, portanto, é óbvio que o assassino tinha uma questão pessoal. Mas, se foi Valerie, por que agora? Ela já tinha dito que queria o divórcio. Normalmente, o assassino é a pessoa contra o divórcio, não o contrário. E por que matá-lo no porão da adega de Antônio?

— Talvez alguma coisa a tenha feito perder o juízo depois de todos estes anos. — Porém, eu nunca vira Valerie perder o controle. Eu não achava que ela fosse capaz de tal violência. — Mas ela tem metade do tamanho dele. Não teria como superá-lo fisicamente. Se Valerie estiver envolvida, ela teve ajuda.

Tyler concordou. — Ela pode ter contratado alguém. Mas ela não tem a chave nem o código para acessar o porão. No entanto, como esposa de Richard, ela é uma suspeita principal até que possa ser descartada como tal. Eu a interrogarei no minuto em que ela chegar em casa. Contando que ela vá para casa, claro. Enquanto isso, vamos até o festival e ver se conseguimos encerrar as coisas rapidamente.

CAPÍTULO 14

Olhei para o relógio ao nos aproximarmos da escola. O festival terminaria em pouco mais de uma hora. Isso se o julgamento tivesse avançado de acordo com a programação, apesar da ausência de Richard. Desiree discutiria contra isso, claro, mas seria silenciada por todos os outros.

A competitividade aguerrida de Desiree não fazia sentido porque diferentemente de outras competições, a nossa não oferecia prêmio em dinheiro, apenas um troféu e o direito do vencedor de adicionar "Vencedor - Festival do Vinho de Westwick" no rótulo durante um ano. Não era muita coisa, a não ser que a pessoa fosse uma produtora de vinho que não conseguia vencer em competições mais concorridas. Em teoria, até mesmo um vinho ruim poderia vencer.

— Tyler, se a ausência de Richard muda a competição, acha que algum dos outros competidores locais poderia estar envolvido?

Tyler olhou para a rua à frente enquanto nos aproximávamos da escola. — Você quer dizer outro competidor além de Antônio? É possível, acho. Porém, os motivos de Antônio têm menos a ver com o julgamento e tudo a ver com a situação financeira dele.

Mamãe, Antônio e Desiree eram os únicos competidores locais, e o Festival do Vinho de Westwick Corners era o menor das dezenas de competições de vinho no estado de Washington. Os competidores regionais só se importavam com o nosso festival pequeno se não houvesse eventos concorrentes no mesmo dia. Pouco mais de uma dezena de produtores de vinho não locais não precisava vencer e só comparecia para vender mais vinho. Eles não se importavam se Richard estava vivo ou morto.

— Desiree sempre ganha o Vinho do Ano por causa de Richard — comentei. — Ela não tem motivo para matá-lo. Na verdade, ela tem todos os motivos para não matá-lo. Estava tendo um caso com ele há cinco anos e Richard estava prestes a se divorciar. Ela estava prestes a ganhar tudo o que sempre quis.

— Bem, nesse caso, além de Antônio, a única outra competidora desesperada o suficiente para vencer é Ruby.

— Mamãe nunca faria isso! Ela odeia competir e nem queria inscrever seu vinho. Tia Pearl a inscreveu sem que ela soubesse.

Tyler riu. — Sim, eu sei disso, Cen. E Ruby e Desiree estavam no festival o tempo inteiro com inúmeras testemunhas. Obviamente, vou verificar isso novamente. Mas eu me lembro de ter visto as duas no exato momento em que recebi o telefonema de Antônio. E, claro, vimos Pearl cuidando do bar à beira da estrada. Parece que todos têm um álibi, exceto Antônio.

Como que por magia, sinais de neon piscantes surgiram no acostamento. Cada sinal tinha uma cor diferente e parecia flutuar no ar como um holograma.

— Mas o quê... — Tyler girou o volante para desviar de um sinal de neon verde que subitamente saltou do acostamento para bloquear o para-brisa.

Você está chegando perto dos vinhos

— Cuidado! — Agarrei a maçaneta da porta quando Tyler pisou no freio. O carro derrapou de lado antes de endireitar novamente. — Essa foi por pouco...

— Segure-se. — Tyler pisou com força no freio e reduziu a velocidade quando o segundo sinal, desta vez cor-de-rosa, flutuou sobre o capô do Jeep.

O melhor dos vinhos locais

Os sinais de neon pareciam flutuar acima de nós sem meio de apoio aparente, um uso flagrante de poderes de feitiçaria.

Tia Pearl sabia que nós os veríamos. Ela estava disposta a correr o risco para salvar o festival de vinho. Pensando bem, aquilo tinha que ser benéfico para ela. Eu duvidava que ela se importasse com o festival. O sinal cor-de-rosa flutuou até o acostamento do outro lado quando um sinal amarelo o substituiu:

Não chore por seus vinhos

Por sorte, não havia outros carros na estrada, pois Tyler teve que se desviar dos sinais que pareciam surgir do nada. Vermelho, dourado, branco, azul...

Está chegando perto

Prepare-se para brindar

O vinho vencedor

Não é quem você pensa!

Beba um pouco

Por que não?

Você merece.

Vire aqui

Havia tantos sinais que tivemos que reduzir a velocidade para ler todos eles.

— Atrevida — comentou Tyler. — Pearl sabe como fazer marketing.

— Tia Pearl normalmente leva o tráfego para longe de Westwick Corners, não para ele. Ela está aprontando alguma coisa. — Alguma coisa além de vender vinho, pois Tia Pearl sempre tinha um motivo oculto. Eu só não conseguia descobrir o que era desta vez.

Ao nos aproximarmos do estacionamento da escola, um sinal maior apareceu:

Bar de Vinho para Arrecadação de Fundos para Antônio Lombard

Derrote o banco

Não tínhamos notado os sinais quando saímos do festival porque eles estavam todos virados em um sentido só. Uma arrecadação de fundos para Antônio certamente seria interpretada da forma errada quando ele fosse acusado do assassinato de Richard.

Quando Tyler entrou lentamente no estacionamento, passamos pelo bar de Tia Pearl. Porém, desta vez, ele estava deserto. A porta do RV estava fechada, e as mesas e as cadeiras estavam vazias. Em vez de clientes bebendo vinho e caixas de vinho, havia apenas caixas vazias e taças descartadas.

A festa à beira da rua terminara.

CAPÍTULO 15

Tyler tinha acabado de estacionar o Jeep quando a polícia de Shady Creek telefonou para informá-lo sobre as provas da cena do crime.

Enquanto eu esperava, notei que o Corvette de Richard permanecera no mesmo lugar. A capota do conversível ainda estava abaixada e gotas de água tinham se acumulado nas ranhuras dos bancos de couro. O vinho da Vinhas do Vale Verdejante de Desiree não estava mais no banco traseiro.

Enquanto Tyler discutia sobre as provas forenses, decidi não esperar mais. Ele poderia me encontrar dentro do ginásio quando terminasse o telefonema.

Saí do banco do passageiro e andei em direção ao ginásio. As vozes altas que saíam pelas portas abertas pareciam mais uma festa de sábado à noite do que um festival comunitário vespertino.

Quando entrei no ginásio, ficou aparente para onde os clientes de Tia Pearl tinham ido. A cidade inteira estava lá, mas as pessoas do setor de vinhos pareciam ter ido embora.

O clima festivo abalou meu humor sombrio. Obviamente, ninguém sabia ainda sobre a morte de Richard. As pessoas também não pareciam notar a ausência dele.

Quando eu me perguntei se o julgamento terminara, ou se possivelmente nem começara, o retorno do microfone gritou acima do som dos alto-falantes.

Eu me encolhi com o ruído estridente e olhei para o palco.

Tia Pearl estava parada em frente a um microfone que tinha quase sua altura. Ela não perdera tempo em assumir o controle. De certa forma, isso era bom. Conhecendo-a como eu conhecia, o julgamento terminaria rapidamente porque ninguém ousava discutir com ela. Tyler não teria que inventar desculpas sobre a ausência de Richard para os outros dois juízes e o evento terminaria a tempo.

— Escutem, todos vocês — gritou Tia Pearl no microfone.

Coloquei as mãos sobre os ouvidos para reduzir o ruído do retorno do microfone quando meu olhar encontrou o dela.

Ela estava no centro do palco, na roupa vermelha brilhante, e inclinando o microfone em sua direção em uma pose parecida com a de Mick Jagger. Ela não se dera ao trabalho de abaixar o microfone, provavelmente esperando que tudo terminasse rapidamente. — O julgamento começa em cinco minutos!

Atrás dela, havia uma mesa longa coberta com uma toalha de linho branca. Duas das três cadeiras estavam ocupadas por dois dos três juízes, uma mulher e um homem. A cadeira de Richard no meio estava vazia.

Apesar de aumentar os juízes para três naquele ano tivesse parecido mais democrático, uma era Carol, funcionária de Richard no banco, e o outro era Reggie, seu colega de golfe. Ou foram. Olhei para a cadeira vazia de Richard. O formato de três juízes era apenas um show. Eles teriam seguido a decisão dele. Como fariam isso na ausência dele?

Ninguém no palco pareceu questionar a autoridade de Tia Pearl ou a ausência de Richard. Talvez estivessem ansiosos para que o julgamento começasse. Ou talvez estivessem bêbados demais para se importar.

Ao lado do palco, havia uma mesa idêntica coberta por dezenas de taças de vinho. Lacey Ratcliffe, uma amiga de vinte e poucos anos de Trina, estava parada atrás da mesa. O trabalho dela era fornecer a cada

juiz uma taça de vinho fresca para cada amostra e, em seguida, reco-
lher as taças vazias depois de cada degustação.

Tia Pearl falou ao microfone: — Atenção, todo mundo. Richard
não veio, portanto, fizemos uma mudança no julgamento. Deem as
boas-vindas ao juiz Earl. — Ela acenou com a mão em um floreio.

O namorado de Tia Pearl era bonachão. Porém, naquele momento,
ele parecia querer estar em qualquer lugar que não no palco. Os olhos
dele corriam de um lado a outro do palco, como se estivesse debatendo uma fuga.

— Earl! Venha logo para cá — sussurrou Tia Pearl. Porém, como
ela sussurrou em frente ao microfone, todos ouviram.

Os olhos de Earl se arregalaram, mas ele lentamente subiu ao
palco. Ele soltou um suspiro pesado e sentou-se na cadeira vazia de
Richard, entre Carol e Reggie. Ele olhou diretamente à frente, resig-
nado com seu destino.

Os outros juízes pareceram confusos, mas não objetaram.

Desiree subiu correndo no palco e encarou Tia Pearl. — Você não
pode fazer isso!

— Claro que posso. Qual é o problema? Está preocupada que não
vencerá sem seu namorado como juiz? Ora, talvez não vença. Talvez
acabemos com um vencedor diferente neste ano. — A provocação de
Tia Pearl a fez soar como um valentão da escola.

Desiree emitiu um som de desprezo ao pegar o celular, supostamente para telefonar para Richard. Ela o guardou no bolso um
momento depois, franzindo a testa. — Onde está aquele homem?

Àquela altura, ninguém além de Desiree se importava com o Vinho
do Ano. As pessoas só queriam mais bebida.

Tia Pearl bateu as mãos. — Ok, todo mundo, vamos começar com
a categoria "Vinho Mais Aprimorado". Preparem as taças e sigam.

— Ei, ei... Espere um segundo, Pearl — disse Earl. — Estou repen-
sando isto tudo. Eu nem bebo álcool. Como saberei qual vinho é bom
e qual não é?

Tia Pearl acenou com a mão. — Não é nada demais, Earl. Só siga os
outros juízes. Você ficará bem.

Earl julgaria sóbrio, pelo menos, no início. Como não bebia, ele não permaneceria assim por muito tempo depois de provar todos os vinhos.

Carol e Reggie já tinham experimentado vinhos demais, a julgar pelo rosto corado e a fala embotada. As vozes bêbadas deles eram tão altas que poderiam ser escutadas sem um microfone. Eles estavam divertindo-se um pouco demais. Sem dúvida, estariam ansiosos para serem juízes também no ano seguinte.

— Este é um teste de degustação cego. — Tia Pearl ergueu um saco de papel pardo. Ficou claro, pelo jeito como o segurava, que o saco de papel tinha uma garrafa de vinho em seu interior. Um "Nº 1" grande estava estampado no saco com caneta preta. Ela abaixou a garrafa e, em seguida, andou até a mesa dos juízes.

Ela serviu uma dose generosa de vinho na taça em frente a cada juiz.

Ela disse: — O negócio é o seguinte. Vocês dão pontos a cada vinho, no máximo cem, mas ninguém nunca recebe essa nota. Além disso, ninguém dá nota menor do que cinquenta. Portanto... deem números entre cinquenta e noventa e nove, ok?

— Por que não podemos simplesmente dar uma nota de zero a cinquenta? — perguntou Earl.

Tia Pearl balançou a cabeça negativamente. — Earl, você não entende nada de vinhos finos? Não é assim que funciona.

Earl abriu a boca para falar, mas foi impedido pelo dedo em riste de Tia Pearl.

Ela disse: — Seguimos as regras do *Espectador de Vinhos*. Ninguém sabe por que dão as notas assim, mas eu não faço as regras, Earl. Apenas escolha um número entre cinquenta e noventa e nove, e vamos terminar logo com isso para podermos sair daqui. Calcularemos a média da pontuação dos três juízes para chegar a um número de pontos final.

Tia Pearl foi até o microfone. — Esta é a amostra número um. Bebam, todos vocês.

Os dois juízes bêbados alegremente obedeceram, enquanto que Earl tomou um gole cauteloso. Ele fez uma careta, claramente detestando o vinho. Sorri para mim mesma. Ele ia muito longe para manter Tia Pearl feliz.

Enquanto a pontuação oficial para cada vinho era determinada pelos três juízes, os participantes do festival também experimentavam e davam notas. As pessoas ganhavam prêmios por escolher os mesmos resultados que os juízes, como os vencedores em cada categoria e o vencedor geral.

A toalha de linho branca dos juízes ficou cada vez mais cor-de-rosa à medida que a degustação prosseguia. Logo, mais vinho era derramado do que bebido. Earl conscientemente continuou a tomar goles pequenos e pareceu até mesmo relaxar um pouco.

Tia Pearl encheu as três taças, além de uma quarta. Ela colocou a taça em frente a si mesma.

— Ei... Você não é juíza! — apontou Desiree para Tia Pearl. — Não pode julgar o vinho de Ruby. Ela é sua irmã.

Tia Pearl revirou os olhos. — É claro que não sou juíza. Estou no controle e degustando aleatoriamente o vinho para ter certeza de que o vinho correto está passando por degustação cega. Caso tenhamos trapaceiros. — Ela olhou intensamente para Desiree, que andava de um lado a outro no palco. — Sabe-se que pessoas trocaram garrafas e não tolerarei nenhuma adulteração no teste de degustação.

Desiree colocou as mãos nos quadris. — O que exatamente está sugerindo, Pearl? Que eu não ganho de forma justa?

Tia Pearl emitiu um som de desprezo. — Foi você quem disse isso, não eu.

— Você nem está no comitê de julgamento. Não pode simplesmente assumir o controle e fazer as coisas como quiser.

Tia Pearl estreitou os olhos ao estudar Desiree. — Pessoas que se esgueiram de uma forma provavelmente fazem o mesmo de outras formas.

— Você não está no controle, Pearl — gritou Desiree. — Richard está.

— Ninguém sabe onde ele está, Desiree. Alguém tinha que continuar o espetáculo.

— Mas Richard...

— Richard não está aqui. — Tia Pearl bateu no relógio que tinha no pulso. — Nossa licença de bebidas expira em uma hora. Quer que a competição continue ou não?

Desiree a encarou desconfiada. — Onde ele está? Telefonei várias vezes, mas ele não atende.

Eu estivera parada ao lado de Desiree enquanto ela gritava com Tia Pearl, mas nenhuma das duas percebera a minha presença. O que foi melhor, pois eu tinha um segredo grande demais para guardar. Meu coração bateu com força. Temi que talvez revelasse acidentalmente a morte de Richard.

Eu não precisei me preocupar por muito tempo, pois Desiree estava ao telefone, supostamente telefonando para Richard novamente enquanto andava de volta para a banca da Vinhas do Vale Verdejante.

Olhei para o ginásio momentos depois e vi que Desiree estava agora ocupada falando com vários clientes. Ela era outra pessoa cuja vida mudara para sempre, apesar de ainda não saber disso. Eu me perguntei como Tyler lidaria com o fato de ter que dar a notícia a Desiree. Ela não era esposa de Richard, como Valerie, portanto, não era considerada da família e não seria a primeira a ouvir sobre a morte dele.

Eu certamente desaprovava casos extraconjugais, mas ainda parecia errado Desiree descobrir sobre Richard ao mesmo tempo em que o público geral. Mesmo sendo a "outra" e não a esposa de Richard, ela era próxima dele. Tyler teria que achar uma saída.

Ouvi um burburinho da multidão perto da entrada do ginásio. Valerie Harcourt atravessou o prédio com passos decididos, parecendo disposta a matar alguém!

A esposa de Richard vestia uma camisa de linho branca larga, com as calças justas presas em botas de caubói de grife. O traje casual contrastava com a expressão irada.

Até onde eu sabia, Valerie nunca participara do festival de vinho antes, apesar de Richard ter sido juiz da competição por quase uma década. Suspeitei de que Valerie estava lá para confrontar Desiree e Richard sobre o caso amoroso deles de uma forma muito pública.

Peguei o celular para telefonar para Tyler e fiquei aliviada quando ele atendeu, em vez de cair na caixa postal. — Valerie acabou de entrar pela porta parecendo que quer matar alguém. É melhor que venha para cá depressa. As coisas estão prestes a esquentar entre ela e Desiree.

— Estou indo — disse ele.

E ele não chegaria depressa o suficiente.

Valerie atravessou o ginásio tão depressa que foi quase uma corrida. Ela olhou em volta e, em seguida, desviou-se em direção à banca da Vinhas do Vale Verdejante de Desiree.

Subitamente, o ginásio ficou em silêncio. As vozes altas se transformaram em murmúrios e, logo em seguida, todos pararam de falar. A única coisa que quebrava o silêncio era o barulho das botas de Valerie no chão enquanto ela marchava em direção a Desiree.

— Onde ele está? — Valerie parou desafiadoramente na frente de Desiree, com as mãos nos quadris.

— Onde está quem? — perguntou Desiree em um tom um pouco doce demais.

— Deixe de besteira, Desiree. Você sabe de quem estou falando: de Richard, meu marido. — Ela enfatizou as palavras "meu marido".

Olhei desesperadamente para a porta, imaginando por que Tyler estava demorando tanto para andar do estacionamento até o ginásio.

Minha mente acelerou para inventar uma desculpa para interrompê-las.

Desiree jogou as mãos no ar. — Eu não faço a menor ideia de onde está aquele homem. Ele está por aí, em algum lugar. Não observo todos os movimentos dele como você observa. Você deve ter visto o carro dele no estacionamento.

— Mas ele não está aqui. — Valerie bateu o pé no chão, com o rosto vermelho de raiva. — Ele está na sua casa?

— É claro que não. Nós... quero dizer, ele... só... — Desiree parou no meio da frase quando percebeu a enormidade da ausência de Richard.

— Ora, pelo amor de Deus, Desiree. Só me diga onde ele está.

Desiree arregalou os olhos. — Há algo de errado.

Algo estava mais do que apenas errado. Eu sabia exatamente onde Richard estava, mas não podia dizer uma palavra sobre isso. Olhei inquieta para a entrada do ginásio. Onde estava Tyler?

Finalmente, a porta do ginásio abriu e Tyler entrou. Ele se desviou dos muitos pequenos grupos de degustadores e compradores de vinho, andando rapidamente na nossa direção. O rosto dele estava sem expressão, uma atitude profissional para não denunciar nada.

Olhei para Valerie e Desiree, que tinham parado de discutir. Todos observamos em silêncio enquanto Tyler se aproximava, ignorando os cumprimentos embriagados das pessoas no caminho.

CAPÍTULO 16

— O que está acontecendo? — perguntou Valerie quando Tyler chegou perto dela. O rosto dela tinha ficado muito pálido e ela parecia cambalear no lugar.

Coloquei o braço em volta da cintura dela e levei-a até uma cadeira a poucos metros de distância. O que foi bem a tempo. Senti as pernas dela cederem quando ela se jogou na cadeira. Achei aquilo estranho. A reação dela era uma premonição ou algo mais?

Tyler se ajoelhou ao lado dela e falou em voz baixa.

Desiree andou na direção de Valerie e Tyler. — O que está acontecendo? O que ele está dizendo?

Parei em frente a Desiree e bloqueei seu caminho com o braço. — Não, Desiree. Deixe os dois conversarem.

Ela me encarou desconfiada e murmurou baixinho: — Se é sobre Richard, eu também tenho o direito de saber. Na verdade, provavelmente eu tenho mais do que o direito de saber.

No fim das contas, minha intervenção não fez diferença alguma.

— Ele se foi! — gritou Valerie. O corpo inteiro dela tremia quando ela colocou o rosto nas mãos e soluçou. — O que vou fazer?

— Achei que ela estava pedindo o divórcio — sussurrou Tia Pearl.

— Que dramática.

Coloquei o dedo sobre os lábios. — Quieta, Tia Pearl.

Naquele momento, Desiree passou depressa e quase me derrubou no chão. — Foi para onde? Ele precisa voltar para cá e julgar os vinhos.

— Cale a boca, sua destruidora de lares! — Valerie saltou da cadeira, parecendo recuperada do choque anterior ao ouvir a notícia. — Ninguém se importa com seu vinho idiota. Todos nós sabemos que você é uma trapaceira.

Tyler se posicionou entre as duas mulheres e estendeu um braço na direção de cada uma para distanciá-las.

Valerie voltou para a cadeira.

— Não vou calar coisa nenhuma. — Desiree cruzou os braços e bateu o pé no chão impacientemente. — E não me xingue, Val. Alguém, por favor, me diga o que está acontecendo.

Coloquei a mão no braço de Desiree. — Por que não se senta? Acho que Tyler também quer falar com você.

Desiree olhou para a minha mão com desgosto, mas sentou-se.

Tia Pearl a seguiu. — Richard está morto, é isso o que está acontecendo.

— Como você... — Parei no meio da frase. Tia Pearl não tinha como saber. Eu não contara a ela, nem Tyler. As únicas outras pessoas que sabiam que Richard estava morto, além dos bombeiros voluntários, eram Trina e Antônio. Antônio estava em Shady Creek sendo interrogado e Trina estava com ele.

Ninguém mais sabia.

Além do assassino, é claro. Senti um calafrio na espinha.

Desiree fez uma careta. — Não invente histórias tão ridículas, Pearl. Isso é impossível! Richard estava aqui esta manhã. Ele só deu uma saída rápida. Voltará a qualquer momento.

— Quem dera — disse Tia Pearl. — Mas não vai acontecer.

Tyler andou até onde Desiree estava e ajoelhou-se ao seu lado para falar com ela.

— Quando foi a última vez em que viu Richard, Desiree? — perguntou Tyler.

— Não sei... há algumas horas. Você o viu? Eu estava tão ocupada arrumando tudo que não consigo me lembrar. Precisa falar com ele? Talvez ele tivesse que fazer alguma coisa fora daqui.

Tyler coçou o queixo. — Que tipo de coisa?

— Como eu poderia saber? Não fico de olho nele. — Desiree olhou de forma penetrante para Valerie. — Por que o teatro, Val? Você disse a Richard que queria se separar.

— Não, não disse. É mentira! — Valerie cuspiu as palavras como veneno ao se levantar da cadeira.

Olhei em volta do ginásio em busca da Mamãe. Ela se dava bem com todo mundo e provavelmente poderia acalmar a situação entre as duas mulheres. Quando olhei para a banca de vinho dela, não a vi inicialmente. Logo em seguida, a risada quebrou o silêncio. Estranhamente, ela não percebera o silêncio que caíra sobre a multidão.

Ela devia ter sentido meu olhar, pois seus olhos encontraram os meus. Sem que eu fizesse qualquer sinal, ela cruzou o ginásio para se juntar a nós.

— Cen, qual é o problema? — perguntou ela, com uma expressão preocupada no rosto.

Eu a puxei de lado e expliquei a situação. Naquele momento, Desiree soltou um grito alto. Ouvir a notícia de Tyler a tornara oficial e muito real.

— Você o matou! — Desiree saltou em direção a Valerie. — Você o roubou de mim, da mesma forma quando estávamos prestes a ficar noivos.

— Você não pode ficar noivo de um homem que já é casado. — Tia Pearl colocou o braço magro em frente a Desiree e bloqueou o caminho dela.

Desiree recuou, confusa com a força surpreendente de Tia Pearl. Sem dúvida, Tia Pearl tinha adicionado um pouco de força muscular mágica.

— Claro que posso. Qualquer um pode ficar noivo de qualquer um. É simplesmente uma promessa para o futuro. Não existe lei contra isso. — Desiree se virou para Tyler. — Certo, delegado?

— Vamos manter o foco em Richard. Precisarei falar com vocês duas, começando com você, Valerie. — Tyler acenou com a cabeça para ela. — Se consegue dirigir, pode me encontrar na delegacia em dez minutos?

Valerie limpou as lágrimas do rosto e levantou-se da cadeira. — Claro, irei agora mesmo. — Ela se virou e andou lentamente pelo ginásio. Os passos antes desafiadores agora pareciam cansados e derrotados.

Quando ela estava fora do alcance da audição, Desiree se virou para Tyler. — Você sabe que foi ela, certo? O casamento deles acabou há anos. O teatro dela é apenas para disfarçar. Ela contratou um assassino para acabar com Richard porque eles recentemente aumentaram o seguro de vida que tinham. Ela tinha uma apólice muito grande para ele. Achei que Richard estava exagerando quando me disse que alguém o seguia.

— Quando ele lhe disse isso? — perguntou Tyler.

— Algumas semanas atrás. Quando ele disse a ela que queria o divórcio.

— Achei que era Valerie quem queria o divórcio — comentei.

— Ahm, não. Dei a Richard um ultimato, ou ela ou eu. Ele finalmente disse a Val que estava tudo terminado. Ela sabia que, se eles se divorciassem, teriam que dividir tudo meio a meio. Assim, ela recebe um seguro de 700 mil dólares e fica com o rancho. Eu sei que ela pagou a alguém para fazer isso.

Tyler ergueu as sobrancelhas. — Você tem alguma prova?

— Ouvi de Les Crabtree — respondeu Desiree. — Ele vendeu a apólice a ela há poucas semanas.

— Verificarei isso com Les. — Tyler conferiu o relógio. — Pode ir até a delegacia às cinco e meia? Poderá me contar sobre isso lá.

Desiree sorriu. — Mal posso esperar.

CAPÍTULO 17

— Vou precisar da sua ajuda, Cen. — Tyler suspirou. Estávamos no escritório minúsculo dele na parte de trás da delegacia, para onde tínhamos ido imediatamente após notificar Valerie e Desiree sobre a morte de Richard. A delegacia propriamente dita ficava no andar térreo da prefeitura. Um longo corredor estreito separava o escritório principal do escritório de Tyler, de uma sala de interrogatório e de uma cela pequena.

— Achei que nunca pediria. — Valerie chegaria a qualquer momento. Quando chegasse, toda a concentração de Tyler seria em interrogá-la.

Tyler sorriu. — Vou nomeá-la minha assistente temporariamente, mas você terá que abrir mão de quaisquer direitos de publicar algo que veja ou ouça.

Ergui as mãos em um protesto falso. — Vai silenciar a imprensa?

— Como eu disse, é só temporário. Conduzirei os interrogatórios de Valerie e Desiree aqui. Não conheço nenhuma das duas pessoalmente, mas conheço Antônio muito bem. Não quero nenhuma acusação de parcialidade. Foi por isso que pedi à polícia de Shady Creek que fizesse um interrogatório preliminar com ele. Eles já coletaram amostras de Antônio em busca de provas forenses, portanto, é lógico que façam o interrogatório inicial. Quero a versão dele dos eventos antes que ele fale com mais alguém. Isso também me dá tempo para interrogar Valerie e Desiree. Como sou o único membro da polícia de Westwick Corners, não posso fazer tudo. Também não quero entregar toda a investigação para Shady Creek.

Eu assenti. Tyler e Antônio às vezes iam pescar juntos e encontravam-se com frequência. — O que precisa de mim?

— Meu foco imediato é na cena do crime. Receberei os resultados do laboratório em breve. Porém, antes que isso aconteça, quero fazer uma inspeção da adega e entender o que há lá.

— Mas, antes disso, preciso interrogar os dois amores de Richard. Não conheço nenhuma das duas muito bem. O que pode me dizer sobre elas?

— Valerie nasceu e cresceu aqui — respondi. — Na adolescência, foi campeã em equitação e competiu em salto, financiada pelos pais ricos. Ela parou há dez anos e agora cria cavalos de raça, dentre outras coisas. Ela teve muitas oportunidades de negócios fracassadas. O spa e o hotel faliram, e um refúgio corporativo no rancho nunca saiu do papel. Muitos amigos, mas também muitos inimigos. Algumas vezes, ela se aproveita da generosidade das pessoas. Nunca perde a cabeça, mas ela se vinga das pessoas que a trataram mal. Como Desiree e talvez também como Richard.

— Dê-me um exemplo — pediu Tyler.

— Antes de falir, o spa de Valerie tinha um acordo com uma loja de roupas local. Valerie vendia as roupas dela no spa, recebendo comissão. Elas tiveram uma briga quando a dona da loja reclamou para algumas pessoas que Valerie não pagava as contas. Valerie retaliou acusando a dona da loja de vender sem nota fiscal e de evasão fiscal. A dona da loja foi liberada de quaisquer crimes, mas só depois de gastar uma pequena fortuna em tarifas jurídicas para limpar seu nome.

— Casamento feliz? — perguntou Tyler.

— Você teria que perguntar a Valerie, mas acredito que não. Você seria feliz se seu cônjuge estivesse tendo um caso abertamente pelos últimos cinco anos?

— Há quanto tempo ela é casada com Richard?

— Hmm... Acho que cerca de quinze anos. Eles começaram a namorar logo depois que o banco o transferiu para cá e casaram-se mais ou menos um ano depois. Eles não têm filhos, apenas cães e cavalos.

— Certo. Valerie deverá chegar aqui a qualquer minuto. Quero que observe as reações dela e faça muitas anotações.

— Posso fazer isso. — Como jornalista, eu estava acostumada a observar a reação, a linguagem corporal e os tiques faciais das pessoas. Essas coisas revelavam muito, especialmente em situações de estresse em que a guarda das pessoas estava abaixada.

DEZ MINUTOS DEPOIS, eu estava na sala adjacente à sala de interrogatório atrás de um espelho falso. Valerie Harcourt estava sentada à direita de uma mesinha retangular, com Tyler à esquerda. Valerie torceu o corpo de lado na cadeira, claramente desconfortável. Ela evitava o contato visual direto com Tyler enquanto mexia nervosamente na alça da bolsa. Ela olhou para o nada, mal reconhecendo a presença dele. Ou ela estava em choque, medicada ou ambos.

— Fale-me sobre Richard — pediu Tyler. — Ele mencionou algum plano de visitar a Vinhos Lombard hoje?

Valerie balançou a cabeça negativamente. — Não, mas Richard me contou o que aconteceu quando foi à casa de Antônio na sexta-feira. Ele disse que Antônio ficou muito chateado quando descobriu que o banco executaria a hipoteca da adega. Que Antônio não estava sendo ele mesmo ultimamente e estava agindo de forma imprevisível. Richard receava pela sua segurança e achava que Antônio poderia retaliar de alguma forma. Antônio até mesmo ameaçou matar Richard se ele executasse a hipoteca da Vinhos Lombard. Richard nunca achou que ele realmente faria isso, mas estava preocupado mesmo assim. Ele me disse para manter as portas trancadas em casa, garantir que o portão de entrada estivesse trancado e, de forma geral, que eu prestasse atenção em tudo.

— Quando ele lhe disse isso?

— Na sexta à noite, depois do trabalho, quando estávamos jantando. Ele tinha acabado de voltar da Vinhos Lombard.

Tyler esfregou o queixo como se estivesse debatendo as próximas palavras. — Valerie, isso pode ser apenas fofoca, mas preciso perguntar. Você e Richard estavam tendo problemas no casamento?

Valerie soltou uma risada curta que soou vazia. — Acho que todos na cidade sabiam sobre o caso de Richard e Desiree, exceto eu. Sou tão idiota por não saber, pois todos os sinais estavam lá. As supostas viagens de negócios, os telefonemas tarde da noite...

— Qualquer um seria surpreendido, Valerie.

Ela fungou e tirou um lenço de papel da caixa sobre a mesa. — Sempre achei que nosso casamento era feliz. Como eu fui cega! Só descobri há um mês, acredite ou não. E pensar que esse caso vem acontecendo há cinco anos!

— Tirando isso, como era seu casamento? — perguntou Tyler.

Valerie deu de ombros. — E isso importa? Tudo que achei que fosse verdade era mentira. Como você se sentiria se seu cônjuge tivesse um caso de vários anos sobre o qual não sabia? Fiquei furiosa e disse a Richard que pediria o divórcio imediatamente.

— Como ele reagiu? — perguntou Tyler.

— Ele... ele disse que sentia muito, que não queria me perder. Ele me disse que terminaria tudo imediatamente.

— E terminou?

Valerie balançou a cabeça negativamente. — No começo, não. Ele me deu várias desculpas, dizendo que precisava de mais tempo para terminar com ela. Mas, quando contratei um advogado alguns dias depois, ele me implorou para ficar. Disse que queria trabalhar no nosso casamento e implorou para que eu não continuasse com o divórcio. Portanto... foi onde paramos. Tentar ir adiante de alguma forma. Deixei o divórcio em suspenso e fomos à primeira sessão de aconselhamento de casais alguns dias atrás. Richard deveria dizer a Desiree que estava tudo acabado na sexta à noite. — Ao mencionar Desiree, os olhos dela brilharam de raiva.

Enquanto Tyler rabiscava algumas anotações, estudei Valerie, que mudara para uma roupa mais confortável. Ela vestia um casaco largo sobre a camisa de linho, que agora estava amassada e suja. Ela trocara a calça *jeans* e as botas por um moletom e tênis.

Uma esposa de luto normalmente não se preocupava com a aparência. Ela escolhera conforto em vez de moda. Uma esposa assassina se importaria muito. As roupas dela eram intencionais, ela se vestira para interpretar um papel. Que papel Valerie estava interpretando?

Tyler colocou o lápis sobre a mesa e encarou Valerie. — Por que você foi ao festival de vinho procurar Richard? Muitas pessoas disseram que você estava bem chateada.

— Pode apostar que eu estava chateada! — Ela levantou a voz em frustração. — Richard prometeu terminar com Desiree e nunca mais falar com ela. Em vez disso, descobri que ele a buscou pela manhã e levou-a até o festival. Você não ficaria chateado?

Tyler não respondeu. Em vez disso, perguntou: — Onde você estava hoje de manhã, Valerie?

— Acha que fiz isso? Você está louco, delegado Gates.

— Apenas responda à minha pergunta, por favor.

— Eu estava nas trilhas com o meu cavalo. — Ela soluçou.

— Alguém viu você? — Tyler se levantou e moveu a cadeira que estava atrás da mesa. Ele a colocou na lateral da mesa, cortando a distância entre eles pela metade e sem a mesa como uma barreira. Ele se sentou e puxou a cadeira um pouco mais para perto. Agora, a distância entre eles era de alguns centímetros.

Eu só via as costas dele. Concentrei-me ainda mais em Valerie.

Ela não respondeu à pergunta. Em vez disso, ela se encolheu na cadeira, parecendo assustada.

Tyler repetiu a pergunta. — Há alguma testemunha que possa confirmar onde você estava, Valerie? Falou com alguém na trilha?

Valerie mordeu o lábio e balançou a cabeça negativamente. — Sou suspeita?

— Só estou tentando investigar as coisas. Você matou Richard?

— Por que eu o mataria? Acabei de lhe dizer, eu teria pedido o divórcio se Richard não tivesse me implorado para não fazer isso. Eu já estava terminando tudo.

— O divórcio pode ser algo caro... você acabaria dando metade de tudo para seu marido traidor. Agora que ele se foi, é tudo seu. Problema resolvido.

— Não, delegado. Nossa hipoteca estava paga e tínhamos muito investido. Nossas finanças estavam melhores do que nunca. Havia dinheiro suficiente para irmos cada um para um lado. O trabalho de Richard pagava bem e eu não queria nada.

— Exceto o amor de um marido adúltero — retrucou Tyler. — Muitos crimes passionais iniciam com uma traição. Eu entenderia se você...

— Antônio o matou e você sabe disso — falou Valerie. — Por que não está falando com ele, e sim comigo?

Em vez de responder à pergunta dela, Tyler disse: — Estamos falando com todas as pessoas que tinham algum envolvimento com Richard. Algumas, interrogamos para corroborar fatos. Outras, para estabelecer uma linha do tempo. Aquelas com álibis confirmados são descartadas. — Ele olhou intensamente para Valerie.

Ela se levantou. — Bem, a não ser que eu esteja presa, você não pode me manter aqui. Posso ir embora, delegado, ou preciso telefonar para um advogado?

Tyler assentiu. — Você pode ir. Só não vá a lugar algum sem me avisar.

Valerie passou por ele sem outra palavra e bateu a porta atrás de si.

CAPÍTULO 18

*D*ei um salto ao ouvir a voz ao meu lado. Eu estivera sozinha na sala adjacente. Pelo menos, era o que achara.

— Ela não é qualquer coisa? Uma grande apólice de seguro em que ela mal pode esperar para colocar aquelas mãozinhas gananciosas.

— Tia Pearl! O festival do vinho já terminou?

Ela balançou a cabeça negativamente. — Determinei um intervalo de dez minutos antes de começarmos a julgar a próxima categoria. Onde está o delegado? Tenho informações importantes sobre o assassinato de Richard que ele precisa saber.

— Isso envolve você roubar o vinho de Antônio da cena do crime?

— Claro que não! É melhor você não começar a lançar acusações por aí se desejar alguma cooperação minha.

Tyler abriu a porta naquele instante. — Cooperação sobre o quê?

— Não gostaria de saber? — Tia Pearl era muito furtiva e nunca revelava seus métodos. Se revelasse, era certeza de que estaria mentindo. A enganação era parte do ofício dela.

— Na verdade, sim, gostaria — respondeu Tyler. — O que você tem?

Tia Pearl sorriu. — Ah, tenho informações em que você não acreditaria.

Eu estava cansada de lidar com os jogos mentais da minha tia. — Tia Pearl disse que tem informações importantes sobre o caso.

Tia Pearl me encarou friamente. — Não roube minha cena, Cendrine!

— Sinto muito. — Revirei os olhos para deixar bem claro que não sentia muito coisa nenhuma.

— Ah, é? — Tyler cruzou os braços e recostou-se na parede. Ele não parecia nem um pouco convencido da alegação de Tia Pearl. — Diga-me o que sabe, Pearl.

— Fui a última pessoa a ver Richard vivo. Além do assassino, é claro.

Tyler abriu a porta e acenou para que Tia Pearl o seguisse. — Vamos para a sala de interrogatório. É grande o suficiente para que possamos todos nos sentar.

— Por mim, ok — disse Tia Pearl. — Vou precisar do programa de proteção a testemunhas depois de lhe contar tudo. Posso escolher meu nome ou ele é atribuído?

— Não sei, mas vou descobrir — respondeu Tyler. — Agora, diga-me o que sabe.

Tia Pearl franziu a testa. — Não tão depressa. O que eu ganho com isso, delegado?

Tyler deu de ombros. — Uma consciência limpa por fazer a coisa certa e ver que a justiça foi feita. Está bom o suficiente para você?

Tia Pearl emitiu um som de desprezo. — Só isso?

— Receio que sim, Pearl.

Ela suspirou. — Terá que servir, acho. Mas quero aparecer no *Dateline*. É meu programa favorito de crimes reais.

Tyler olhou para o relógio. — Vou me lembrar disso. Agora, diga-me o que sabe.

— Como você sabe, eu estava *muito* ocupada atendendo aos clientes no Palácio de Pearl, meu bar na beira da estrada. Você viu todos os meus clientes, delegado? Mesmo depois de você me forçar a mudar para um lugar ruim, a casa ainda estava cheia. As cadeiras estavam todas ocupadas e as pessoas até mesmo se sentaram na grama só para ter a chance de experimentar alguns vinhos bons. De qualquer forma, eu tinha acabado de servir a última garrafa do *meritage* exótico da Vinhos Lombard de Antônio quando quem saiu apressado do estacionamento? Richard Harcourt naquele carro sofisticado dele. Ele estava com muita pressa, sem consideração alguma por ninguém exceto si mesmo. Ele saiu tão depressa que jogou cascalho no lado do Palácio de Pearl. Ele arranhou a lateral do Palácio, delegado!

— Lamento ouvir isso, Pearl. Para onde Richard foi? — perguntou Tyler.

— Ele desceu a rua em direção à Vinhos Lombard.

Ergui a mão para objetar. — Mas o Corvette de Richard estava no estacionamento.

Tia Pearl deu de ombros. — Eu sei o que vi.

— A que horas foi isso?

Tia Pearl deu de ombros. — Não sei exatamente, mas acho que foi entre oito e nove horas da manhã. A degustação de vinho ainda não tinha começado e havia dezenas de amantes de vinhos que não podiam esperar até que o evento oficial iniciasse. Eu estava ocupada demais servindo bebidas para parar e ver a hora, mas era cedo.

— De qualquer forma, logo depois disso, eu vi Antônio. A caminhonete dele estava estacionada ao lado do carro de Richard e vi os dois conversando logo antes de Richard partir apressado. Tentei chamar a atenção de Antônio para dizer a ele que já tinha vendido vinho suficiente para pagar as parcelas atrasadas da hipoteca, mas ele me ignorou. Ele saiu do estacionamento logo depois de Richard. Tão ingrato!

— Ok, então Antônio não "esqueceu" realmente o vinho, como disse. — Fiz sinal de aspas com os dedos. — Achei que era algo estranho a esquecer naquele momento. Você pegou o vinho de Antônio e vendeu-o com o consentimento dele.

Tia Pearl jogou os braços no ar. — Quem se importa, desde que o negócio seja vendido?

— Eu me importo — retruquei. — Antônio não fazia ideia e não lhe deu permissão para vender o vinho dele. Quando ele descobriu que as caixas de vinho estavam vazias, teve que voltar à adega para pegar mais vinho para repor o que você vendeu.

Tia Pearl fungou. — Que seja. Seria de se pensar que Antônio seria mais grato por tudo o que fiz por ele. Engarrafei o vinho dele, consegui uma namorada para ele e vendi um ano de safra de seu vinho. Tudo em menos de um dia. Nossa, eu sou muito boa! Mas Antônio? Não consegue nem agradecer!

— Um ano de safra do vinho? Não engarrafamos isso tudo ontem.

— Assim que murmurei essas palavras, percebi o que ela fizera. — Você conjurou mais vinho? Você sabe que é contra as regras da WICCA lucrar com feitiçaria.

— Relaxe, Cen. O vinho de Antônio para a competição era legítimo. O único vinho mágico foi o que vendi no meu bar. Eu o criei exatamente como o dele para que todos ficassem felizes. Digamos apenas que automatizei o processo. Não violei nenhuma regra porque vou entregar todo o lucro a ele.

Eu duvidava que o conselho da WICCA concordasse com aquela lógica, mas fiquei de boca fechada.

Tia Pearl continuou: — Voltando à minha história. Como eu disse, Antônio saiu logo depois de Richard. Ele praticamente o seguiu para fora do estacionamento.

— Os dois foram na mesma direção? — perguntou Tyler.

— Sim. Não está escutando, delegado? Antônio estava *seguindo* Richard. Em direção à Vinhos Lombard.

— Mais provas incriminadoras contra Antônio — comentei. — Mas, se eles queriam se encontrar, por que não fizeram isso no festival de vinho?

— Talvez quisessem manter o encontro em segredo — disse Tia Pearl. — Os dois pareciam apressados. De qualquer forma, não vejo como Antônio poderia ter descoberto o corpo de Richard. Antônio estava seguindo Richard em seu carro, praticamente grudado nele. Richard estava muito vivo pelo que consegui ver. E Antônio foi a última pessoa a vê-lo.

Tyler assentiu. — Antônio me telefonou alguns minutos depois para informar sobre o corpo de Richard no porão. Os horários batem. Tempo suficiente para matar alguém. Tempo suficiente.

— Ninguém viu Richard depois disso — exclamou Tia Pearl. —

Você percebe que sou a testemunha principal? E se o assassino vier atrás de mim?

Tyler balançou a cabeça negativamente. — Manterei você segura, Pearl. Só não fale sobre isso com ninguém. Não vou liberar a notícia publicamente até que o festival termine. Só estou falando com você agora para pegar seu depoimento como testemunha. Posso contar com você?

— É claro, delegado. Mas como Richard morreu? — perguntou Tia Pearl.

— Não vou divulgar ainda a causa da morte, Pearl.

— Nem para mim? — Ela esticou o lábio inferior em um muxoxo. — Aposto como contou a Cendrine, não contou?

A boca de Tyler se curvou muito ligeiramente em um traço de sorriso. — Lamento, Pearl. Não vou divulgar essa informação a ninguém. Nem mesmo a você.

Senti o peito subitamente pesado ao perceber que as provas contra Antônio eram cada vez maiores. Era difícil pensar de outra forma. Ele tinha os meios, o motivo e a oportunidade. Ele descobrira o corpo, colocando-se na cena do crime. E o tempo curto significava que era quase impossível que outra pessoa tivesse cometido o crime. Somente Antônio tinha acesso ao porão.

Richard estava prestes a roubar a fábrica debaixo do nariz de Antônio e arruinar sua vida inteira. Eu não queria pensar em Antônio como um assassino, mas o desespero podia fazer com que as melhores pessoas cometessem atos desprezíveis.

Eu sempre achara que conhecia Antônio muito bem. Porém, estava ficando cada vez mais difícil afastar a dúvida que crescia na minha mente.

CAPÍTULO 19

— *P*reciso da sua ajuda, Pearl. Posso contar com você? — perguntou Tyler.

Tia Pearl olhou para Tyler desconfiada. — Contar comigo para quê? É algum tipo de truque?

Tyler balançou a cabeça negativamente. — Não é um truque. Você é uma mulher de muitos talentos. E só você pode me ajudar com essa tarefa importante.

— É mesmo? — Tia Pearl pareceu pensativa. — O que eu ganho se disser que sim?

— Ver a justiça ser feita — respondeu Tyler.

— No mínimo, quero que meu segmento no *Dateline* seja maior que o seu, delegado. Eu deveria ser a co-estrela de Antônio, se não a estrela. Fui eu quem abriu esta caixa. — Tia Pearl estendeu os braços magros, quase atingindo-me no processo.

— Antônio é inocente até que se prove o contrário, Tia Pearl. Ele não foi acusado de nenhum crime, pelo menos, ainda não. Tyler é o investigador principal e não há como você ter mais tempo... — Parei no meio da frase, percebendo como soei tão ridícula quanto ela. — Por outro lado, você pode comentar em segundo plano. Tenho certeza de que os produtores a encaixariam na história.

Tyler assentiu. — Se você estiver envolvida na solução do crime, obviamente que desejarão entrevistá-la. A palavra-chave é *ajuda*, Pearl. Consegue fazer isso? Não há fama nem dinheiro envolvido, mas você estaria ajudando a pegar um assassino. Faça isso e eu a tornarei agente honorária.

— Vou considerar a ideia. O que quer que eu faça?

CAPÍTULO 20

*T*yler não me disse o que ele pedira a Tia Pearl que fizesse e não perguntei. Eu preferia não saber, apesar de suspeitar que o pedido dele fora mais uma diversão para evitar a interferência dela na investigação. O que, de certa forma, era ajudar.

Tirei o *notebook* da bolsa e retomei a pesquisa sobre a SecureTech. O site da empresa não tinha muitas informações, provavelmente para desencorajar possíveis criminosos. Porém, havia muitas informações on-line sobre várias tecnologias de segurança em fóruns de usuários. Pelo jeito, as travas eram populares. Obtive várias informações sobre o recurso de impressão digital biométrica em vários fóruns. Pelo que pude ver, Antônio tinha razão. A trava realmente era à prova de adulteração. Como Antônio, alguns usuários tinham configurado um só usuário sem plano B. Todos aqueles casos tinham terminado da mesma forma. A trava e o mecanismo de travamento tinham que ser retirados da porta, o que os arruinava. Era à prova de furto, mas não à prova de idiotas.

A trava que combinava senha e impressão digital. Como qualquer trava, podia ser invadida. Não que isso importasse com a varredura de impressão digital à prova de invasão. Deixei uma mensagem no site para que alguém me telefonasse bem cedo na manhã de segunda-feira.

Não faria mal algum, mas eu já sabia que não poderíamos esperar tanto tempo. Nas horas seguintes, eu tinha que descobrir tudo que pudesse sobre a SecureTech. Ou morrer tentando.

Levantei da cadeira e servi duas xícaras de café da cafeteira de aparência antiga atrás da mesa. Encontrei uma caixa de leite quase vazia na geladeira e coloquei o leite na minha xícara. Carreguei as duas xícaras até o escritório de Tyler e entreguei a ele o café preto.

Tyler agradeceu ao pegar a xícara. — O que você sabe sobre Desiree?

Mais do que eu queria saber e mais do que queria contar a Tyler. As pessoas eram atraídas pelo carisma e pela personalidade magnética de Desiree. Ela era generosa com elogios e amizade, e fazia com que todos se sentissem especiais. Porém, desde que fizessem o que ela queria. Caso contrário, a amizade dela se transformava em traição e seus elogios em acusações. Desiree era calculista em suas amizades, escolhendo as pessoas que frequentavam os círculos sociais certos, moravam em bairros de classe alta e tinham os mesmos gostos caros que ela. A cidade era dividida entre aqueles que a amavam e os que detestavam até mesmo olhar para ela. As fofocas e mentiras de Desiree colocavam amigos uns contra os outros e até mesmo transformavam alguns em inimigos. Pelo menos um homem, Richard, tinha se tornado um marido traidor. Mas eu tinha que me ater aos fatos, não a sentimentos.

Respirei fundo. — Desiree se mudou para cá há cerca de cinco anos. Ela veio de Seattle, alegando que fizera uma fortuna em propriedades. Ela certamente tem dinheiro.

— Ela lhe disse isso? — perguntou Tyler.

Balancei a cabeça negativamente. — Não a mim diretamente, mas é o que dizem pela cidade. Ela também gasta muito. Ela comprou a Vinhas do Vale Verdejante em dinheiro vivo e investiu muito nela. Ela alega que a produção de vinho é apenas um *hobby*, mas dizem que ela tem importado uvas caras para ganhar uma vantagem sobre os outros produtores locais. Ela alega que seu vinho é todo produzido em sua propriedade. Porém, as vendas de vinho são cerca de dez vezes o que poderia plantar no próprio vinhedo.

Ela obviamente compra mais uvas do que planta. E, claro, ela nega isso.

Tyler esfregou o queixo. — Hmm... Então as alegações de Antônio são verdadeiras.

Eu assenti. — Desiree e Richard começaram o caso amoroso logo depois que ela se mudou para cá. Desiree até se gabou disso, dizendo que Richard lhe dera "mais do que uma hipoteca". A notícia se espalhou bem depressa. Entendo por que Valerie queria o divórcio. Deve ter achado isso humilhante.

— O vinho de Desiree é bom? — perguntou ele.

Dei de ombros. — Não é ruim. Mas não é especial o suficiente para ganhar o primeiro lugar todo ano. Ele não se destaca como superior aos outros vinhos locais. Porém, não acho que ela tinha um motivo para matar Richard. Ela se beneficiaria muito mais com ele vivo do que morto. Ser namorada dele significava que ele comandava o julgamento do vinho todos os anos para que ela ganhasse o Vinho do Ano. Eles pareciam felizes juntos.

— Talvez ela quisesse mais dele do que o primeiro lugar em uma competição de vinho — comentou Tyler. — Claro que queria que ele deixasse Valerie. Cinco anos é muito tempo para namorar alguém. Talvez o relacionamento tenha azedado quando ele prometeu deixá-la, mas nunca deixou.

— É verdade, mas, finalmente, Desiree estava prestes a ter Richard todo para si mesma se Valerie fosse em frente com o divórcio. — Tyler e eu estávamos namorando havia quase um ano. — Qual é o tempo certo para namorar alguém?

Ele corou. — Não sei exatamente, mas chega uma hora em que você simplesmente sabe se está com a pessoa certa ou não.

— Eu sou a pessoa certa? — As palavras saíram da minha boca antes que eu percebesse o que estava dizendo. Quis retirá-las imediatamente. E se ele não se sentisse da mesma forma que eu?

— Com certeza. — Ele se inclinou para me beijar. — Hmm, Cen...

Eu soube no momento em que a conheci. Entretanto, duvido que Richard fosse a melhor coisa que aconteceu a Desiree. Ela me parece oportunista. Não estava nesse relacionamento apenas por amor. Ou mesmo para ganhar a competição de vinho. Ele gerenciava o banco, portanto, talvez haja algo aí.

— Ela já é rica — comentei. — Cinco anos é muito tempo para esperar que Richard deixe Valerie. Talvez ela tenha dado um ultimato a Richard e ele a ignorou.

— Ou... — Tyler parou enquanto procurava as palavras. — Talvez Desiree só alegasse que queria que Richard se divorciasse, mas não estava falando sério. Quando Valerie começou a se mexer para pedir o divórcio, Desiree poderia ficar com Richard o tempo todo. Se ela só o estivesse usando para obter favores e não o amasse de verdade, isso seria um problema.

Balancei a cabeça negativamente. — Se Desiree não quisesse mais Richard, poderia simplesmente terminar tudo e ir embora. Ela não tinha motivo para matá-lo.

Tyler assentiu. — Ela também tem um álibi sólido. Dezenas de pessoas a viram no festival de vinho em diversos momentos durante a manhã.

— Ela poderia ter conseguido alguém para matá-lo — disse eu. — Exceto que ela não precisava fazer isso.

Tyler olhou para o relógio. — E ainda está meia hora atrasada.

Como se o tivesse ouvido, a porta da delegacia bateu e uma mulher chamou do escritório principal. — Alô-o! Delegado Gates? Há alguém aqui?

Era Desiree LeBlanc. Provavelmente torcendo para fazer uma entrada triunfal, no que fracassou.

Eu estava secretamente feliz por não haver ninguém lá para recebê-la. Fiquei na salinha adjacente à sala de interrogatório, sem ser vista, enquanto Tyler ia até o escritório principal para receber Desiree.

Eles se cumprimentaram enquanto Tyler conduzia Desiree para a sala de interrogatório e acenava para que ela se sentasse.

— Vim assim que pude. — Desiree sorriu para Tyler. O lábio inferior dela tremeu quando ela disse em tom suave: — Ainda não consigo acreditar... meu Richard se foi. Desse jeito.

Avaliei Desiree pelo espelho semitransparente. Ela usava botas de camurça bordô, calças justas combinando e um suéter longo de grife, com um pingente de ouro e ametista de aparência cara. E ela tomara um banho de perfume, que fez meu nariz coçar, mesmo estando na sala ao lado.

Desiree tivera tempo de trocar de roupa, pegar um café em uma lanchonete e até mesmo pentear os cabelos. Os cabelos loiros longos agora estavam presos, com cachos emoldurando o rosto e acentuando seus olhos azuis. — O festival de vinho foi um desastre este ano. Sem Richard julgando, não... — Ela parou no meio da frase, baixou a cabeça e soluçou.

Tão manipuladora! Tyler estava caindo na conversa dela? Eu não saberia dizer.

Depois de um minuto inteiro, Desiree olhou para cima novamente. Ela se recostou na cadeira e soltou um suspiro pesado. — Isto será difícil. Já sinto tanta falta de Richard.

Tyler estava sentado à frente dela. — Lamento pela sua perda, Desiree. Alguma ideia de quem desejaria matar Richard?

— É claro, eu sei quem fez isso delegado. Antônio foi pego com a boca na botija na cena do crime. Ele matou o meu querido! — Desiree soluçou incontrolavelmente.

Tyler empurrou a caixa de lenços sobre a mesa na direção dela. — Ainda não chegamos a nenhuma conclusão, Desiree. A investigação está em andamento. O que sabemos com certeza é que Antônio voltou até a adega e encontrou Richard no porão. Pelo menos, essa é a versão dele dos fatos.

Desiree ficou de boca aberta. — Você não vai acusá-lo?

— Como eu disse, a investigação está em andamento e exploraremos todas as pistas.

— Isto está sendo gravado? — Desiree estreitou os olhos ao varrer a sala, parando no espelho semitransparente.

Tyler assentiu. — Gravamos todos os interrogatórios.

— Ah. — O anel de diamante imenso de Desiree brilhou quando ela ajeitou um cacho dos cabelos atrás da orelha.

Não só ela estava sendo gravada, como também estava sendo observada.

Por mim.

Ela olhou para a mesa e colocou as mãos no colo. Um momento depois, ela ergueu a cabeça e olhou para o espelho semitransparente de forma penetrante, brincando com o pingente de ametista com dedos que nunca tinham passado por um minuto sequer de trabalho manual.

Eu fiquei nervosa e corei. Eu sabia que ela não conseguia me ver. Mesmo se suspeitasse que havia alguém atrás do espelho, não tinha como saber que era eu. Mesmo assim, eu não gostava de enganar ninguém, nem mesmo uma pessoa de quem não gostava muito. Parte de mim queria correr até a sala de interrogatório para me revelar.

Tyler só tinha me pedido para observar, relembrei a mim mesma. Qualquer um em uma sala de interrogatório policial suporia que estava sendo observado pelo espelho semitransparente, por uma câmera ou ambos. Era um procedimento operacional padrão em praticamente todas as instalações policiais.

Claramente, Desiree não estava pensando isso. Caso contrário, não teria começado a flertar com Tyler. Ela estendeu a mão sobre a mesa e colocou-a sobre a dele. — Delegado, você é homem. Sabe como os homens são quando sua masculinidade é ameaçada.

Tyler não disse nada.

Desiree ergueu as sobrancelhas, com a mão ainda sobre a de Tyler. — Os homens podem perder a cabeça às vezes. Richard tinha um temperamento difícil. Acho que Antônio também tem. No calor do momento, as coisas podem ficar um pouco... quentes.

Tyler permaneceu com o rosto sem expressão.

A mão de Desiree permanecia sobre a dele.

Permaneci atrás do espelho semitransparente, mas com muito custo. Eu estava fora da cadeira, rangendo os dentes de raiva. Andei de um lado para o outro, bufando. Tive que fazer todo o possível para não invadir aquela sala e arrancar a mão dela de cima da de Tyler.

Tyler lentamente deslizou a mão que estava sob a de Desiree e pegou uma caneta. Ele anotou algo no bloco à sua frente.

Desiree suspirou e inclinou-se para a frente. — Vou contar um segredinho a você, delegado.

Tyler imitou a postura dela e inclinou-se para a frente, apoiando os cotovelos na mesa. — Que segredinho?

Desiree colocou a mão sobre a de Tyler novamente, movendo-a lentamente para cima para passar os dedos em volta do pulso dele. — Antônio veio falar comigo algumas semanas atrás. Ele me implorou para ajudá-lo a fazer com que Richard adiasse a execução da hipoteca. Minha resposta a ele foi que nada do que eu dissesse faria Richard mudar de ideia. E que Richard não tinha escolha, tinha que seguir a política do banco quando alguém não pagava a hipoteca. Ele levava o trabalho muito a sério. Eu disse a Antônio que era inútil e que seria melhor usar o tempo dele procurando uma forma de botar em dia os pagamentos atrasados. Mas ele se recusou a dar ouvidos à razão. Em vez disso, implorou para que eu falasse com Richard.

— Acabei falando com Richard. Perguntei a ele se havia algum aspecto na hipoteca que daria a Antônio um pouco mais de tempo. Ele disse que verificaria, que faria isso por mim. E se Richard terminou se encontrando com Antônio só porque eu pedi? Eu poderia de alguma forma ser responsável pelas ações de Antônio? — Ela baixou a cabeça e chorou.

Tyler empurrou a caixa de lenços mais para perto de Desiree com a mão livre. Ele não afastou a outra mão, mas os músculos do maxilar enrijeceram ligeiramente.

Por que Tyler não afastou a mão dele da de Desiree? Era uma tática de interrogatório para fazer com que Desiree se sentisse à vontade ou era algo mais? Tia Pearl não gostava que eu namorasse o delegado da cidade e menos ainda à medida que nosso relacionamento ficava mais sério. Ela colocara algum tipo de feitiço de atração em Tyler e Desiree para que terminássemos?

Não. Apesar de provavelmente querer o fim do nosso namoro, ela gostava de mim e não faria nada para partir meu coração. Eu tinha que acreditar nisso. Mas eu não descartaria a possibilidade de ela colocar um feitiço menor nele. Havia uma forma de descobrir.

Concentrei-me em Tyler e sussurrei:

. . .

Um rio de feitiços
  Uma canção de feitiços
  Mostre-me os feitiços
  Que enfeitiçaram este homem

Os pensamentos mágicos
  Dentro de sua cabeça
  Agora viram nada
  Em vez disso, ele pensa em mim

Eu os resolverei,
  Consertarei este erro,
  E restaurarei todos os destinos
  Antes que seja tarde...

Eu me contive bem a tempo. Eu estava prestes a colocar um feitiço no meu namorado! Verdade, era um feitiço de remoção destinado a desfazer um feitiço existente, se era que existia. Ainda assim, era interferência na vida de alguém. E na de Tyler! Qual era o problema comigo?

Tyler estava bem ciente das minhas habilidades sobrenaturais. Ele também confiava completamente em mim. Mas ele aceitaria que eu lançasse um feitiço nele, mesmo que fosse para protegê-lo?

Provavelmente não. Tyler era um adulto perfeitamente capaz de cuidar de si mesmo. E, na maior parte do tempo, ele lidava com os truques de Tia Pearl de forma bem-humorada, apesar do assédio constante dela.

Eu estava agindo mais pelos meus interesses do que pelos de Tyler.

Tivesse ou não Tia Pearl lançado um feitiço em Tyler, era errado eu fazer o mesmo. Senti o rosto quente de vergonha. Eu sabia, no fundo do coração, que Tyler me amava. Mesmo que tudo mudasse no dia seguinte, eu não poderia fazer com que ele me amasse para sempre lançando um feitiço. Nenhuma quantidade de magia poderia forçar o amor. Da mesma forma, nenhuma quantidade de magia poderia apagar o verdadeiro amor. Lançar feitiços pelos motivos errados frequentemente funcionava por pouco tempo. Porém, em longo prazo, isso erodia a confiança.

Eu era muito melhor que isso.

Sim, eu era uma bruxa realizada e, com isso, havia uma desvantagem. Era fácil demais presumir as coisas e lançar feitiços para fazer o mundo funcionar da forma como eu queria. Da mesma forma como bilionários compravam o que queriam com o dinheiro, eu tinha a magia ao meu dispor. Como bruxa, eu poderia lançar feitiços para tornar meus sonhos realidade. Mas a capacidade de fazer algo não transformava isso na coisa certa a fazer.

Finalmente compreendi por que Tia Pearl lançava feitiços quando as coisas não aconteciam como ela queria. Era tentador lançar um chilique de bruxa quando as coisas saíam diferentes do desejado. Tia Pearl era uma bruxa muito talentosa, mas com falhas de caráter: ela era impaciente, vingativa e acostumada a ter as coisas do seu jeito. Apesar de ela ser um exemplo para mim como bruxa, eu não queria usar meus poderes de forma frívola ou vingativa.

Sim, eu era melhor que isso.

Respirei fundo e rapidamente murmurei um feitiço de reversão para desfazer meu feitiço de remoção equivocado. Em seguida, concentrei-me novamente em Tyler e Desiree.

Eu não perderia o controle por causa daquela sirigaita manipuladora.

Respire.

Tyler só estava fazendo o trabalho dele. Parte disso envolvia usar um pouco de psicologia com Desiree. Ele queria que ela se sentisse confortável o suficiente para baixar a guarda. Um bom interrogador precisava criar confiança. Se Tyler removesse a mão, Desiree levantaria a guarda novamente.

Eu ainda não gostava do fato de Desiree se sentir confortável demais com o meu namorado.

Eu ainda queria correr até a sala ao lado e arrancar a mão dela de perto de Tyler.

Eu ainda queria lançar uma maldição nela.

Porém, eu poderia fazer o que quisesse que não mudaria nada. Tyler tinha que interrogar Desiree e eu estava presente apenas para observar, não para interferir.

Obviamente, Tyler sabia que eu estava atrás do espelho, observando tudo e, provavelmente, torcendo para que não invadisse a sala de interrogatório, acabando com meu disfarce.

E era o que eu faria, com ou sem feitiço, se ela não afastasse a mão *imediatamente*.

Por sorte, bem naquele momento, Tyler tirou a mão com o pretexto de pegar a caneta novamente para fazer algumas anotações.

Soltei o ar, sentindo-me aliviada e constrangida pelo ciúme que senti.

Fiquei furiosa pelo fato de, no minuto em que Desiree pegou Tyler sozinho, flertou com ele. Eu perdera o pouco respeito que tivera por ela. Todos sabiam que Desiree era manipuladora, que não se importava de usar seu charme com as pessoas para conseguir o que queria. Mas isso adquiria um significado totalmente diferente quando o alvo dela era o meu namorado. E ela estava ali porque o namorado dela acabara de ser assassinado. Eu não conseguia me imaginar agindo daquela forma se algo tivesse acontecido com Tyler.

Voltei depressa para a realidade. Meu trabalho era assistir ao interrogatório, não deixar minha mente vagar.

Tyler estava falando. — Quando foi a última vez em que viu Richard?

— Bem, não sei... ele me levou de carro até o festival hoje cedo — respondeu Desiree. — Nós dois entramos. Eu estava com pressa para ver se a minha banca seria no mesmo lugar que o ano passado. Você sabe o que dizem sobre propriedades... localização, localização, localização. — Ela riu em tom nervoso. — Por sorte, tudo estava preparado da forma como eu queria. Richard voltou para o carro algumas vezes para buscar o meu vinho. Tive que levar caixas extras este ano porque meu vinho é muito popular.

— A que horas foi isso tudo? — perguntou Tyler.

— Mais ou menos por volta das nove.

— Foi a última vez em que você o viu? Por volta das 9 horas da manhã?

— Não olhei para o relógio, mas foi mais ou menos a essa hora. Richard não me disse que teria que ir a algum lugar, se é nisso que está pensando.

— Ele não mencionou um encontro com Antônio?

Desiree balançou a cabeça negativamente. — Não para mim. Duvido que ele tivesse planos para encontrar Antônio, pois não marcaria algo no dia do festival de vinho. Mas, talvez, ele tenha ficado com pena de Antônio. Richard tinha o coração mole para pessoas azaradas.

— Você o viu falando com Antônio?

Desiree assentiu. — Antônio puxou Richard de lado quando entramos no ginásio. Virei-me para falar com alguém e, quando olhei de novo, nenhum dos dois estava lá.

— Você viu os dois saindo juntos?

— Não, só que não estavam mais juntos lá. Achei que Richard tinha ido fazer outras coisas para se preparar para o dia. O dia do festival de vinho é um dos mais ocupados do ano para ele. E, além disso, tínhamos planos especiais para a noite. Eu acho que ele estava planejamento me pedir... pedir... — A voz de Desiree se transformou em um soluço. — Que ele ia me pedir para casar com ele.

— Vocês dois discutiram isso? — Tyler não mencionou o fato óbvio de que Richard já era casado com outra pessoa.

Desiree pegou um lenço da caixa e secou os olhos. — Sim, de fora geral. Ele disse que tinha uma surpresa para mim hoje à noite. Valerie disse a ele que ia pedir o divórcio. Finalmente. Ele estava feliz com isso, aliviado. Mesmo com o divórcio dando a ela metade de tudo. Richard disse que finalmente poderíamos ficar juntos. M-mas acho que não era para ser. — Desiree colocou o rosto nas mãos e soluçou.

CAPÍTULO 21

*M*inutos depois da partida de Desiree, a porta da frente da delegacia abriu. Tia Pearl entrou correndo, sem fôlego. Ela bateu a porta e recostou-se nela. — É exaustivo ser um agente da lei. Prometi a Tyler que garantiria que o festival de vinho fechasse quando a licença de bebidas expirasse.

— Era essa sua tarefa secreta? — perguntei, imaginando como ela conseguira dispersar sozinha todos os participantes quando o julgamento não fora adiante.

— Claro que não, Cen. Essa foi a mais fácil das duas coisas que ele me pediu para fazer. Já cuidei de tudo. — Ela se sentou à mesa e encarou-me. Os olhos dela brilhavam de empolgação. — Nossa, eu sou boa.

— Como sua tarefa supersecreta se saiu? — Eu estava morrendo de vontade de saber o que Tyler pedira a ela para fazer e torci para enganá-la para que revelasse.

— Desculpe, Cen. É uma informação confidencial. Jurei que manteria segredo. — Ela fez um movimento de silêncio com os dedos sobre os lábios.

— Pode ter certeza de que o que Tyler diz a você também diz a mim.

Tia Pearl emitiu um som de desprezo. — Ah, eu tenho certeza de que ele não disse a você, Cen. Você estragaria tudo.

Olhei para o escritório para ter certeza de que Tyler não estava por perto e disse: — Eu sei o que você fez, Tia Pearl. Roubou da Mamãe a chave do portão da Vinhos Lombard.

— Eu não fiz isso, Cendrine! Não sou uma ladra!

— Mas você pegou o vinho de Antônio. Não pode negar que estava vendendo o vinho dele à vista de todos em seu bar à beira da estrada.

Ela deu de ombros. — Aquilo não foi roubo. Eu dei outra finalidade ao vinho. Foi por uma boa causa.

— Retirar o vinho da caminhonete de Antônio sem a permissão dele a torna uma ladra, não importa o quanto suas intenções eram boas. — Fiquei furiosa e curiosa ao mesmo tempo. — Como entrou no portão da Vinhos Lombard se não tinha a chave?

— Isso não é obvio até mesmo para você, Cen?

— Você contou a Tyler o que fez?

— É claro que não. E não ouse contar. Bruxas não denunciam outras bruxas, Cendrine.

CAPÍTULO 22

 yler estava em seu escritório falando ao telefone com os policiais de Shady Creek. Pelo que consegui ouvir, os policiais tinham obtido filmagens de vigilância de várias empresas ao longo da rota entre o festival de vinho e a Vinhos Lombard. Havia mais tráfego do que o normal devido ao festival, mas a maior parte fora indo na direção do ginásio, oposta ao caminho para a Vinhos Lombard.

A polícia de Shady Creek tinha terminado de interrogar Antônio e liberara-o sem acusações, pelo menos, por enquanto. Trina já partira para a viagem de uma hora para buscá-lo.

Sentei-me no escritório principal da delegacia. Meu café ficara frio. Eu pesquisara *on-line* tudo o que conseguira sobre a trava da SecureTech e tudo parecia indicar que ela não podia ser violada. Por outro lado, os manuais de instruções não previam o uso de feitiçaria. Tia Pearl já admitira ter entrado pelo portão da Lombard. Seria possível que ela, ou outra bruxa qualquer, pudesse lançar um feitiço para ignorar o scanner biométrico de impressão digital?

Eu precisava entender completamente os pontos fortes e fracos da trava da SecureTech, mas não conseguiria fazer isso sem ter uma trava. Eu não podia mexer na trava da SecureTech de Antônio, pois destruiria provas. Eu também não tinha o manual de instruções e não estávamos perto de encontrar novos possíveis suspeitos. Não estávamos vendo uma peça importante do quebra-cabeça e o tempo estava acabando.

Eu poderia comprar outra trava, mas isso demoraria e precisaria de um dinheiro que não tínhamos. Se isso não justificasse bruxaria, eu não sabia o que justificaria.

Se eu não podia comprar uma trava, teria que conjurar uma.

Tecnicamente, eu estava cometendo uma violação da WICCA, pois estava obtendo um item valioso de graça. Eu odiava quebrar as regras!

Por outro lado, eu sabia que Tia Pearl sempre se desviava das regras. Elas eram regras rígidas, válidas para todos, que nem sempre faziam sentido. Naquele momento, eu não tinha outras opções.

Fechei os olhos e imaginei a trava enquanto sussurrava o feitiço:

UM, *dois, três,*
Que seja a SecureTech...

PUF!

Uma caixa de papelão com o nome da SecureTech surgiu diante dos meus olhos. Uma fração de segundo depois, ela caiu sobre a mesa com um barulho alto.

— Cen? Você está bem? — chamou Tyler. — Que barulho foi esse?

— Ahm... Nada. Deixei um livro cair. — Puxei a caixa e esperei até ter certeza de que ele não viria verificar. Em seguida, abri a caixa e peguei o folheto de instruções. Eu configuraria a trava com a minha impressão digital e, em seguida, tentaria desviar do leitor biométrico de várias formas. Pelo menos, era esse o plano. Como eu não conhecia travas nem tinha inclinação para mecânica, estava basicamente às cegas, torcendo para que a bruxaria passo a passo destravasse o mistério, por assim dizer.

Mas, primeiro, eu tinha que ler todas as instruções. Não poderia cometer um erro sequer.

A trava era simples. A configuração de fábrica era 1-2-3-4-5. Para mudá-la, eu tinha que inserir a ferramenta especial de redefinição que acompanhava a trava e, em seguida, digitar o código que queria. Redefini o código para 77711 e travei-a. Logo depois, removi a ferramenta de redefinição e digitei o código. Ela destravou.

Funcionara.

Preparei-me para começar o próximo passo, a varredura inicial da impressão digital. Quando estava prestes a iniciar, tive uma epifania. Em retrospecto, era algo tão óbvio, mas algo em que nenhum de nós pensara.

Naquele momento, eu segurava uma trava biométrica sem configuração biométrica. E se a trava de Antônio nunca tivesse sido configurada de forma adequada? Ele mencionara que a luz verde não estava funcionando. Nesse caso, isso aumentava o rol de suspeitos. Só o que o assassino tivera que fazer era destravar a trava de combinação, não o scanner de impressão digital.

Minhas mãos tremiam enquanto eu lia as instruções. — Tyler, venha cá! Temos que voltar à adega!

CAPÍTULO 23

Contei a Tyler o que descobrira enquanto íamos para a Vinhos Lombard. Antônio foi advertido a não voltar à sua propriedade até que Tyler lhe dissesse que podia, portanto, Trina tomara providências para que ele ficasse com ela Ainda sob os efeitos do feitiço de Tia Pearl, ele parecia feliz em aceitar a situação.

— Antônio deu a combinação da trava a você? — perguntei.

Tyler assentiu. — Suponho que podemos testá-la enquanto mantemos a porta aberta. Eu preferiria que o técnico fizesse o experimento, mas não há nenhum risco, na verdade. Se fizermos algo de errado, o técnico poderá desfazer depois. Como garantia, vamos gravar tudo.

— Se conseguirmos descobrir quem fez isso... — Eu já estava pensando à frente. Encontraríamos novos suspeitos, Antônio evitaria a execução da hipoteca e tudo ficaria bem de novo. Mas só se meu experimento desse certo.

— Não fique cheia de esperança, Cen. Também não quero pensar que foi ele, mas o que vamos tentar é bem remoto.

Algo bem remoto que precisava ser provado nas vinte e quatro horas seguintes. Caso contrário, isso forçaria Tyler a tomar uma decisão.

Como delegado, Tyler decidia se e quando a Vinhos Lombard seria liberada para o proprietário legal. Obviamente, a pessoa o proprietário na manhã de segunda-feira, quando a hipoteca da adega seria oficialmente executada. Tecnicamente, Antônio permanecia o ocupante legal, independentemente da execução da hipoteca. O despejo e outras providências legais demorariam a acontecer.

Tyler parou o carro em frente ao portão da Vinhos Lombard e saltou do Jeep para destrancá-lo. Eu estava ciente de que estávamos procurando respostas para perguntas que não faziam sentido. Eu estava feliz por Tyler estar aberto à minha sugestão. O que parecia um caso já resolvido começava a parecer que fora algo para incriminar Antônio. As provas contra ele eram simplesmente perfeitas.

Tyler estacionou o Jeep e virou-se para mim. — Espero que haja algo aqui, Cen. Estou sofrendo muita pressão para acusar Antônio. O caso é na minha jurisdição, não na de Shady Creek, mas eles acham que Antônio é o único que poderia ter feito isso. Se eu agir errado, certamente perderei meu emprego.

Eu tinha a mesma sensação ao seguir Tyler pelo estacionamento. Ele destrancou a porta da adega e entramos. Apesar de o sol do fim da tarde entrar pelas janelas, o lugar parecia assustador. Fechei a porta atrás de mim e tranquei-a.

Estava frio dentro do prédio, mas não tanto quanto estivera no dia anterior enquanto engarrafávamos o vinho. Fora apenas no dia anterior? Parecia uma vida atrás.

— Mesmo se Antônio fosse o assassino, ele nunca faria isso no vinhedo e na adega da família — comentei. — Ele reverencia este lugar.

— Pensamos assim porque o conhecemos, Cen. Mas isso é baseado em emoção, não fatos. Os jurados verão Antônio como um homem desesperado com muitas provas contra ele. Chegarão a um veredito unânime de culpado porque, no momento, não existe dúvida razoável de que ele não tenha feito isso.

— Exceto que Antônio parece ter desistido da vida de forma geral — retruquei. — Ele não tem disposição nem energia para matar alguém.

— Porém, os jurados não saberão disso. — Tyler suspirou e andou até a escada que levava ao porão. A porta do porão estava aberta, apoiada no barril de vinho, como antes. Ela permaneceria assim até que a trava pudesse ser reprogramada pela SecureTech, pois ninguém além de Antônio poderia reabri-la.

Engoli em seco, lembrando-me da alegação de Tia Pearl de uma viagem secreta à adega. Fora uma mentira com a finalidade de me irritar? Eu não mencionaria ainda a visita de Tia Pearl, pois isso prejudicaria o julgamento. Se eu estivesse certa, meu experimento identificaria novos suspeitos e, então, lidaria com minha tia.

Estremeci ao descermos a escada até o porão. O ar estava mais frio e úmido do que eu me lembrava.

— Não deveria ter alguém protegendo este lugar? — perguntei.

— A cena do crime já está liberada — respondeu Tyler. — A equipe forense já processou todas as provas. Já foram coletadas impressões digitais da trava e de tudo o mais.

— Mas você nunca libera cenas de crime tão depressa. Isso significa que está certo sobre...

— Não estou mais certo sobre nada. — Ele suspirou. — Mas tenho confiança de que temos todas as provas que podemos conseguir e que atrasos deixam as coisas complicadas, com a execução da hipoteca e tudo o mais.

— Você tem o código de Antônio, certo?

Tyler assentiu e entregou-me o celular dele. — Comece a gravar agora.

Segurei o telefone e comecei a gravar enquanto Tyler tirava um papel do bolso e exibia-o para a câmera.

Soltei uma exclamação. — Você está de brincadeira? 1-2-3-4-5 é a configuração de fábrica. Antônio nunca configurou uma combinação nova!

Tyler franziu a testa. — Ele ainda poderia configurar a impressão digital?

— Não! Ele não poderia fazer isso até que digitasse um novo código, algo diferente do padrão. Ou ele o redefiniu ou, para começo de conversa, nunca o configurou. Não entendo... ele falou como se tivesse feito isso. E eu o vi digitar o código e colocar o dedo indicador no scanner. Tia Pearl também viu.

— Como a trava é redefinida?

— Você precisa de uma ferramenta especial que vem com a trava — respondi. — Pelo menos para trocar a senha, precisa dela. Quanto à varredura da impressão digital, Antônio disse que a luz indicadora verde não acendia. Ou a trava nunca foi configurada com a impressão digital dele... ou alguém a redefiniu para a configuração de fábrica.

— Vamos provar isso. — Tyler digitou a combinação, mas a lingueta permaneceu para fora, na posição travada.

— Eu imaginei errado — disse eu com um suspiro. — Ela precisa de uma impressão digital.

Alguns segundos depois, a lingueta abriu, surpreendendo nós dois.

— Ela tem um retardo — comentei. — O que Antônio supôs que era a impressão digital dele sendo lida, na verdade, não era nada disso. Com uma impressão digital configurada ou não, a trava tem um retardo programado. Isso dá ao usuário alguns segundos para a entrada do número da senha e o scanner da impressão digital. É um retardo bem longo, portanto, não é surpresa que Antônio tenha achado que a impressão digital dele estava realmente sendo lida. O fato de a luz verde não acender deveria ter sido a dica de que não estava realmente funcionando.

Parei de gravar e devolvi o celular a Tyler.

— Excelente trabalho, Cen.

— A trava é a chave.

— Engraçadinha. — Tyler sorriu. — Isso não descarta Antônio, mas adiciona mais suspeitos.

— Ou há uma outra possibilidade, que espero não ser o caso porque voltaria a apontar para Antônio. — Eu descobrira bastante sobre travas durante a minha pesquisa.

— E qual é? — perguntou Tyler.

— Você sabe a diferença entre uma trava à prova de falhas e uma trava segura contra falhas?

— Não faço ideia — respondeu Tyler.

— Travas à prova de falhas são destravadas quando falta energia, enquanto que travas seguras contra falhas permanecem trancadas. Não sei de que tipo é esta trava, mas é possível que, se a energia foi cortada, poderia ter sido aberta.

— O que acontece com a leitura da impressão digital?

Dei de ombros. — Talvez seja apagada. As instruções não diziam o que acontece em caso de falta de energia. É isso que estou esperando descobrir. — Contei a ele sobre a mensagem que eu mandara para a SecureTech.

— O assassino também teria que saber que a trava é desativada quando a energia é cortada — destacou Tyler.

— É uma trava bem cara, Tyler. Seria de se pensar que ela não desativaria.

— É nisso que estou pensando também — disse Tyler. — A pergunta é: quem quer Richard e Antônio fora do caminho?

CAPÍTULO 24

Quando Tyler e eu voltamos para o festival, ele já estava fechado. O estacionamento estava vazio e as portas do ginásio estavam trancadas. Surpreendentemente, Tia Pearl conseguira encerrar tudo antes que a licença para bebidas expirasse.

Ou não?

— Espere um segundo. — Saltei do Jeep e corri até a porta do ginásio, que exibia uma placa branca grande. O aviso escrito com tinta preta direcionava todos os participantes do festival para o único outro lugar da cidade que tinha licença para bebidas: o bar Ponto do Feitiço da minha família. Eu tinha certeza de que o redirecionamento não fora parte das instruções de Tyler.

Tia Pearl simplesmente mudara o festival para o nosso bar por causa da licença. Tia Pearl sendo Tia Pearl, explorara a situação para benefício próprio.

* * *

DEZ MINUTOS DEPOIS, chegamos ao Ponto do Feitiço, encontrando o estacionamento cheio e vozes altas embriagadas saindo do bar. Entramos e vimos que estava repleto e não havia onde sentar. Carolyn

COLLEEN CROSS

Conroe, o alter-ego de Tia Pearl parecido com Marilyn Monroe, acenava do palco improvisado que fora materializado em um dos cantos do bar. O palco certamente fora conjurado, mas era algo útil em comparação aos espetáculos de pirotecnia exagerados e outros atos de Tia Pearl para chamar atenção. A bruxaria dela parecia um pouco diferente, mas, por outro lado, ela passara a maior parte do dia lidando com vendas de vinho, o julgamento da competição e missões secretas para a polícia. Era muita coisa para qualquer pessoa, até mesmo ela.

Ficamos parados à porta. Tínhamos perdido muita coisa, considerando o aviso grande pendurado acima do palco declarando os vencedores em cada categoria.

O *merlot* tinto *Witching Hour* de Mamãe vencera a categoria Melhor Vinho Novo, a última a ser julgada antes da licença para bebidas do festival ter expirado. Havia apenas uma categoria que ainda faltava ser julgada, a mais importante delas: Vinho do Ano. Minha esperança de que o julgamento terminasse depressa logo desapareceu. A degustação de vinho e o julgamento tinham deteriorado para um jogo de beber.

Suspeitei que a maioria das pessoas estava lá para ver se Desiree venceria o Vinho do Ano, agora que o namorado Richard não era mais juiz.

Se ela perdesse, haveria problemas, de um jeito ou de outro. Uma coisa era Desiree ser chutada do primeiro lugar na categoria de Melhor Vinho Novo. Outra bem diferente era perder o prêmio principal do Vinho do Ano. Ela certamente teria um ataque histérico se perdesse. As coisas estavam encaminhando-se para serem muito mais contenciosas do que nos festivais anteriores. A única coisa boa era que ninguém parecia se importar com a ausência de Richard. Na verdade, todos pareciam estar divertindo-se mais. No formato de Tia Pearl, a competição certamente era mais empolgante e divertida.

O palco era pequeno demais para ser ocupado confortavelmente pelos três juízes e por Carolyn Conroe. Eles estavam sentados em bancos, em vez de cadeiras, inclinando-se na direção uns dos outros enquanto balançavam precariamente as taças. Eles derramaram vinho, quebraram taças e chegaram perigosamente perto de caírem do palco como peças de dominó. Agora, por necessidade, os juízes reutilizavam as taças, em vez de substituí-las após cada amostra de vinho.

— Bebam, todos vocês! — disse Carolyn Conroe no microfone. Ela vestia um vestido de noite vermelho brilhante, do mesmo tecido que a roupa de Tia Pearl mais cedo. — Estamos prestes a escolher o Vinho do Ano, o vencedor geral do Festival do Vinho de Westwick Corners.

— Ainda bem. — Virei-me para Tyler. — Quem será que ganhará?

— Quem se importa, desde que seja alguém — retrucou ele.

No que me dizia respeito, já deveria ter acontecido.

Subitamente, Desiree saltou da cadeira. Ela correu até o palco e agarrou o microfone, acidentalmente derrubando Carolyn. — Você não pode fazer isso! Este não é um evento oficialmente sancionado!

— Eita. — Meu coração bateu mais depressa. Tia Pearl, quer dizer, Carolyn nunca aceitaria aquilo.

— Ela não... — Tyler ficou de boca aberta, descrente.

Carolyn Conroe se levantou desajeitadamente e chutou as pernas de Desiree, que caiu sobre o palco e enrolou o corpo em posição fetal.

Carolyn respirou fundo e acenou com a mão em um arco grande.

Ela simplesmente congelou todos no bar. Ou seja, todos que não eram bruxas. Até mesmo Tyler estava parado imóvel ao meu lado.

Mamãe saiu correndo de trás do balcão. — O que está acontecendo?

— Mamãe, ela lançou um feitiço de congelamento em todo mundo — gritei de volta. — Pare com isso, Tia Pearl!

— Pearl, você não pode tratar as pessoas assim. — Mamãe soou irritada. — Desfaça isto para que possamos terminar o julgamento. E saia dessa caricatura ridícula de Carolyn. Você está confundindo todo mundo.

— Não me diga o que fazer, Ruby! Aquela mulher me atacou. Foi autodefesa. — Mas Carolyn mudou de volta para Tia Pearl.

Olhei para o palco, onde Desiree estava deitada de lado, com o corpo enrolado, na frente dos três juízes. — Você não precisava usar tanta força.

— Ninguém veio em minha ajuda nesta cidade sem lei. — O sorriso doce de Tia Pearl me desafiou a retrucar.

Segui o olhar dela até Tyler, que estava imóvel perto da porta. — Como ele poderia ajudar você? Afinal, você o congelou e agora ele está inconsciente.

— Pare de ser chata, Cendrine!

Suspirei exasperada. Aquela briga verbal sem fim não chegaria a lugar algum. Respirei fundo e recitei o feitiço de reversão:

PEGUE o futuro
Deixe-o velho
Agora o presente
Pode ser recontado

DEPOIS DE REVERTER o feitiço da minha tia, adicionei um novo: um feitiço de congelamento direcionado, desta vez, somente a ela.

— Mas o quê...? — As mãos de Tia Pearl se contraíram ligeiramente enquanto ela tentava se mexer. Ela olhou para o salão em pânico e, em seguida, encarou-me friamente. — Cendrine, remova o seu feitiço imediatamente!

Não era o meu melhor feitiço e ele fora feito de forma um tanto desleixada, já que Tia Pearl ainda conseguia mover um pouco a cabeça. Feitiçaria de momento era algo ruim.

— Cen? — chamou a Mamãe.

Rapidamente removi o feitiço. Ele durara apenas um ou dois segundos, mas deu a Tia Pearl um gostinho do próprio veneno.

Voltei para o lado de Tyler bem a tempo. Um burburinho alto correu pelo bar quando todos voltaram à vida novamente.

Tyler tossiu. — Acabei de ter a sensação mais esquisita... era como se eu tivesse pegado no sono ou algo parecido. Você sentiu, Cen?

— Ahm? Ah, sim... Mais ou menos. — Eu ainda estava preocupada, observando Tia Pearl quando ela retomou seu lugar no palco. De alguma forma, eu tinha que ficar de olho nela e em sua magia para que a competição pudesse terminar.

Enquanto isso, Desiree ainda estava no palco. Ela lentamente se levantou e, mais uma vez, agarrou Tia Pearl pelo braço. De novo, ela tentou tirá-la do palco. — Você não é juíza!

— Não estou fingindo ser. — Desta vez, os pés de Tia Pearl permaneceram firmemente plantados no chão. — Só estou assumindo o comando para manter um pouco de ordem.

— Não, não está! Você está criando o caos. — Desiree bateu o pé no chão em frustração. Ela se virou e notou nossa presença pela primeira vez. — Delegado, prenda esta mulher por agressão!

Tyler olhou de relance para mim e suspirou. — Pode me ajudar?

Assenti, com receio de que Tia Pearl estivesse prestes a lançar uma nova sequência de feitiços que só ficaria mais intensa à medida que ela ficasse mais furiosa. Fui até o lado dela no palco enquanto Tyler escoltava Desiree de volta para sua mesa a poucos metros de distância.

Desiree tinha a intenção de vencer e Tia Pearl parecia determinada a garantir que isso não acontecesse.

CAPÍTULO 25

*A*quela altura, Carol e Reggie estavam bêbados demais para continuar a julgar, portanto, estávamos de volta ao ponto de origem, com apenas um juiz em vez de três. A única diferença era que o juiz que sobrara agora era Earl. Ninguém reclamara, pelo menos, ainda não.

Desiree estava sentada à mesa, batendo os dedos impacientemente. Ela parecia pronta a invadir o palco para reivindicar o Vinho do Ano assim que o primeiro lugar fosse anunciado.

A Mamãe se aproximou da mesa de Desiree e colocou uma taça contendo a última amostra do Vinho do Ano à frente dela. A taça de Desiree fora atrasada por causa da altercação com o alter-ego Carolyn de Tia Pearl.

O que a Mamãe dissera parecia ter acalmado Desiree. Ela ergueu a taça e tomou um gole, seguido de um segundo gole. Ela se recostou na cadeira e sorriu.

Tia Pearl andou até o microfone e falou em voz muito alta: — Estão prontos para a festa?

A multidão aplaudiu e gritou. As coisas estavam ficando mais barulhentas.

— Eeeeeee... temos um vencedor! — Ela falou aquelas palavras como se estivesse prestes a coroar o próximo campeão de boxe da WBA, em vez de um produtor de vinho vitorioso. — Earl, faça as honras, por favor.

Todos nós estávamos sentados para assistir ao que seria a luta do século do Festival do Vinho de Westwick Corners. A tensão estava alta e todos prenderam a respiração esperando que o juiz Earl anunciasse o vencedor.

Mas foi Desiree quem falou primeiro.

Ela se levantou e bateu na taça de vinho. — Mmmm... Este é bom. Não, é melhor que bom. É exótico, claramente o vencedor. As notas sutis de cereja e chocolate, envelhecido em barris de carvalho antigos especiais. Mmmm... Eu reconheceria o meu vinho em qualquer lugar.

— Vejamos... — Earl bateu com o lápis de leve no lábio enquanto debatia silenciosamente a pontuação em cada categoria. O lápis caiu da mão dele e bateu ruidosamente no palco. Ele se abaixou para pegá-lo, mas perdeu o equilíbrio. Cambaleando, ele se levantou e esfregou a testa. — Não consigo fazer isso, Pearl. Subitamente, não me sinto muito bem.

Tia Pearl protestou: — Você não pode parar agora, Earl. Tem uma competição para julgar.

— Mas estou me sentindo mal...

Tia Pearl ergueu a mão como se fosse uma guarda de trânsito. — Não quero saber. Por que bebeu o vinho? Você deveria rodeá-lo dentro da boca e depois cuspir. — Ela apontou para uma tigela grande que subitamente se materializara sobre a mesa à frente dele.

— Você não me disse que era para fazer isso. Por que não disse alguma coisa? Sabe que não bebo.

— Todos sabem como se faz, Earl. Achei que era óbvio.

Tia Pearl era centrada em si mesma e nada atenciosa, mas nunca era propositalmente má. Especialmente com Earl. Ela não gostava de demonstrações públicas de afeição, mas seu coração era dele, com certeza. Ainda assim, ela exigira, de forma nada razoável, que ele, um homem que não bebia, consumisse grandes quantidades de vinho. Ela sabia que ele não lhe negaria nada.

Aquilo beirava a crueldade e, sinceramente, achei que ela perdera o juízo. Ou, se não fora o juízo, pelo menos os talentos de bruxa e o senso comum. Na melhor das hipóteses, ele acabaria vomitando até a alma e desmaiando. Na pior delas, corria o risco de um coma alcoólico.

Earl fez uma saudação zombeteira para Tia Pearl. Eu não saberia dizer se fora sarcasmo ou lealdade, mas ele pegou a taça restante e ergueu-a até os lábios. Ele rodeou o líquido dentro da boca e assentiu lentamente antes de engolir. — Sim, senhourrra, este é o melhor de todos.

CAPÍTULO 26

*E*arl entregou o papel para Tia Pearl.

Ela respirou fundo. — O vencedor é... Ruby West e o *merlot* tinto *Witching Hour* do Ponto do Feitiço. Suba até aqui, Ruby, e aceite seu prêmio.

— Não pode ser — gritou Desiree. — Você não pode dar o primeiro lugar à sua irmã, Pearl!

— Eu não fiz nada disso — retrucou Tia Pearl. — Tivemos um grupo de juízes independentes.

Mamãe subiu no palco. — Acho que deve ser algum engano. Eu não posso ter ganhado de novo.

Ganhar o Melhor Vinho Novo era uma coisa, pois ela tirara o vinho de Desiree da posição superior. Mas o Vinho do Ano era muito mais competitivo, com vários concorrentes merecedores. Dentre eles, estava o vinho de Antônio.

Tia Pearl pegou o saco de papel marrom que estava sob a cadeira de Earl. O gargalo de uma garrafa aparecia na parte de cima do saco e ela o puxou, revelando o rótulo que eu criara e que Desiree insultara.

— Engano nenhum. — Tia Pearl virou a garrafa para Desiree. — É mesmo o *merlot* tinto *Witching Hour* de Ruby. Se eu fosse você, Desiree, voltaria para a sua mesa agora mesmo.

Desiree abriu a boca para objetar, mas, quando viu a Mamãe no palco, mudou de ideia. Ela se virou, desceu do palco e voltou para a mesa.

Tia Pearl entregou o microfone para a Mamãe. — Hora do discurso!

A Mamãe ganhara de forma justa ou ela tivera ajuda dos feitiços de melhoria do vinho de Tia Pearl? O vinho dela era bom, mas era realmente melhor do que os vinhos de Desiree e de Antônio?

Se Tia Pearl realmente melhorara o *merlot* tinto *Witching Hour* da Mamãe com um feitiço, Desiree estava certa. Era um engano. Eu não sabia se meu feitiço fora forte o suficiente para cancelar os efeitos do feitiço de melhoria de Tia Pearl.

Talvez ele tivera o efeito oposto. Cancelar um feitiço às vezes dobrava o efeito do feitiço original. Eu só lançara aquele feitiço em particular poucas vezes e ainda não estava inteiramente confiante sobre minhas habilidades. E se eu acidentalmente deixara melhor o vinho da Mamãe? Isso também contava como trapaça, mesmo não tendo sido intencional.

PROVAVELMENTE EU NUNCA SABERIA. De qualquer forma, a Mamãe era bem versada em bruxaria para detectar qualquer um dos truques de Tia Pearl ou dos meus. Se Tia Pearl realmente fizera alguma coisa, ela com certeza teria exigido crédito pela vitória, o que não acontecera.

A Mamãe sorriu ao falar para o salão. — Nem acredito que venci! Mas, acima de tudo, fico feliz pelo fato de as pessoas gostarem do meu vinho. Porém, esta vitória não é só minha... tenho um co-vencedor. Antônio Lombard e eu fizemos o vinho juntos.

Antônio e Trina estavam sentados a algumas mesas de distância de onde estávamos. Trina o buscara em Shady Creek depois que ele fora liberado de lá pela polícia sem acusações.

Antônio sorriu e acenou para a Mamãe.

— Venha cá, Antônio! — Tia Pearl, como a bruxa que era, subitamente tinha um segundo troféu na mão. — Venha receber seu prêmio!

Antônio se levantou e andou até o palco.

— Ah, não, você não! — Desiree apontou para Tyler. — Delegado, você não vai prender esse homem?

Um murmúrio alto percorreu a multidão. Apesar do longo dia, o assassinato de Richard ainda não chegara à corrente de fofocas. Valerie estava em casa e, supostamente, não falara para ninguém. Nem Antônio. Nem Trina. Desiree e Tia Pearl também tinham mantido o assunto em segredo.

Tyler pigarreou. — É uma investigação em andamento, Desiree. Mas estamos prestes a fazer uma prisão.

Àquela altura, Antônio já estava no palco. Ele olhou incerto para Tia Pearl, que colocou o troféu na mão estendida dele. Para os clientes do bar, parecia medo do palco. Antônio poderia estar no centro do palco e ser acusado de assassinato em frente à cidade inteira.

Tyler andou até o palco, pegou o microfone e pediu a atenção de todos.

Antônio voltou para a sua cadeira, Desiree correu atrás dele, e Earl e a Mamãe ficaram parados em silêncio ao lado do palco.

Tia Pearl tinha acabado de descer do palco quando a porta do bar abriu.

O luar invadiu o Ponto do Feitiço quando uma figura sombria parou na porta.

CAPÍTULO 27

*J*osé Lombard entrou e parou momentaneamente como se estivesse procurando alguém. Os olhos dele percorreram o salão antes de parar em Antônio e Trina, que estavam sentados à mesa deles. Ele andou até lá, quase derrubando a Mamãe e sua bandeja de bebidas ao passar por ela. — Agora você foi baixo demais, Antônio.

A postura de Antônio enrijeceu.

Trina pulou da cadeira e interceptou José antes que ele conseguisse chegar à mesa onde Antônio estava. — José, não acho que você deveria falar com Antônio no momento.

José ficou de boca aberta ao ver o irmão. Ele se virou para Tyler, que estava no palco, e gritou: — Delegado! Vai mesmo deixar um assassino livre?

Tyler falou em voz baixa. — Não deixe as coisas piores.

— O que está acontecendo, delegado? — perguntou um homem mais velho que estava no meio da multidão.

— Do que ele está falando? — gritou Lacey Ratcliffe.

Todos começaram a falar ao mesmo tempo. Logo, as vozes estavam tão altas que era difícil até mesmo ouvir uma voz no microfone.

Tyler aumentou o volume do microfone e disse: — Todos vocês, acalmem-se e voltem para seus lugares. José, fique quieto. Sente-se em um banco do balcão.

José ficou onde estava, com as mãos nos quadris. — Quer que eu fique quieto? Não quer que eu piore as coisas depois que meu irmão matou uma pessoa? Além de falir nossa adega. Acha que isso é fazer negócio do jeito normal?

Tyler ergueu a mão na direção de José. Em seguida, virou-se para encarar a multidão. — Lamento anunciar que Richard Harcourt faleceu. A morte dele foi um homicídio.

Uma exclamação coletiva foi emitida pela multidão.

Tyler continuou: — O corpo de Richard foi encontrado esta manhã. Ele era o alvo e conhecia o assassino. Ninguém mais está em perigo.

— Foi por isso que ele não estava no festival de vinho? — perguntou uma mulher.

— Sim — respondeu Tyler. — Quero que saibam que há uma investigação em andamento e estou prestes a anunciar uma prisão.

— Já está na hora, delegado — gritou Desiree. — Meu pobre Richard, morto!

Ela caiu na cadeira e soluçou incontrolavelmente.

Ninguém se apressou a consolá-la.

José ignorara a instrução de Tyler e permaneceu ao lado da mesa de Antônio e Trina. Ele olhou para o irmão. — Não é tarde demais para vender, Antônio. Pode muito bem fazer isso antes de ir para trás das grades. Use o dinheiro para contratar um advogado de defesa decente.

Ele deixou cair um envelope pardo sobre a mesa em frente a Antônio.

Trina abriu o envelope e leu o conteúdo. Em seguida, empurrou os papéis sobre a mesa e olhou para José. — Ele não vai vender.

— Fique fora disto, Trina. Não é da sua conta.

Trina se levantou. — É da minha conta, sim, José. Estou tão comprometida com a Vinhos Lombard quanto vocês dois. Lembra-se do dinheiro que emprestei à adega no ano passado para que ela continuasse funcionando? Bem, faz meses que não recebo nenhum pagamento.

José franziu a testa. — Achei que Antônio tinha pagado tudo.

Trina balançou a cabeça negativamente. — Não, José. Ele não pagou porque não sobrou dinheiro depois que você estourou seu cartão de crédito e comprou seu Cadillac caro com a conta da empresa.

José deu de ombros. — Você receberá só uma parte pequena se o banco executar a hipoteca, Trina. Não consegue botar um pouco de juízo na cabeça de Antônio?

— Não é preciso — disse Trina. — O banco não é o único com penhora sobre a adega. Meu empréstimo seguro é o segundo na fila, também com a adega como garantia.

— E daí? O banco está em primeiro.

— Não se eu der a Antônio o dinheiro para pagar as parcelas atrasadas da hipoteca. Se eu fizer isso, o banco não poderá executar a hipoteca. Eu, por outro lado, posso congelar tudo. Vou fazer uma oferta a você, José. Venda a adega a Antônio sob os mesmos termos que a oferta de Desiree e poderá ir embora.

José ficou de boca aberta. — Mas a adega vale muito...

Trina terminou a frase por ele: — A adega vale muito mais do que a oferta que você estava tentando convencer Antônio a aceitar? É isso o que está dizendo? Você não achou o preço ruim antes.

— E-eu não sei... — gaguejou José.

Trina rasgou os papéis e jogou-os sobre a mesa. — É agora ou nunca. Você já sabe que Antônio nunca concordará em vender para Desiree. Minha oferta expira em um minuto.

— Está bem! Aceito — gritou José. — Mal posso esperar para me livrar deste lugar.

Tyler desceu do palco e andou na direção dos dois irmãos. — Não tão depressa. Temos alguns negócios inacabados para discutir.

CAPÍTULO 28

José balançou a cabeça negativamente. — Para mim, a noite terminou. Telefonarei para você amanhã, delegado.

— O melhor momento é o presente — disse Tyler. Ele ficou parado diretamente à frente de José, bloqueando a partida dele. — Tudo bem por todos se resolvermos isto agora?

A multidão murmurou seu consentimento e, em seguida, o salão ficou completamente em silêncio.

Tyler pigarreou. — Já é ruim o suficiente dar uma vantagem a Richard Harcourt, mas incriminar o próprio irmão? Isso é totalmente desprezível, José.

— Não estou envolvido em nada disso. Eu nem estava na cidade — protestou José. Ele tirou uma pilha de papéis do bolso e sacudiu-a no ar. — Eu estava fora de Sacramento, entregando todos estes pedidos de vinho, quando Trina me telefonou e disse que Richard tinha sido encontrado morto.

— Você realmente fez alguma dessas entregas? — perguntou Tyler.

José balançou a cabeça negativamente. — Não, pois Trina me telefonou e disse-me para voltar imediatamente.

— Uma pessoa prática teria entregado o vinho depois de dirigir o quê? 15 horas? Você já estava lá. Em vez disso, voltou para casa?

— Eu estava em choque, delegado. Não é todo dia que você descobre que seu irmão esfaqueou alguém até a morte.

— Eu nunca disse a ninguém qual foi a causa da morte, José. Como você sabia que Richard tinha sido esfaqueado?

José soltou uma risada nervosa. — Trina me contou quando telefonou para mim.

Trina acenou com a mão em protesto. — Não, não contei. Ninguém me disse como ele morreu. Nem vi o corpo de Richard.

— E-então não sei — gaguejou José. — Acho que talvez eu tenha visualizado. Eu sabia que tinha acontecido no porão e Antônio não tem arma...

— Uma coisa que me deixou confuso, José — disse Tyler. — Mesmo se estivesse em Sacramento esta manhã, como disse que estava, com base na hora em que Trina telefonou, você não poderia ter feito a viagem de volta a tempo de estar aqui agora. O motivo de estar aqui é porque você não foi até a Califórnia. Nem mesmo saiu do estado de Washington, não é? Na verdade, nunca nem saiu do condado.

— É claro que saí. Carreguei o vinho ontem à tarde, logo depois que Richard e eu nos encontramos com Antônio. Em menos de uma hora depois disso, eu estava na estrada. — José tirou um recibo de cartão de crédito do bolso da calça e entregou-o a Tyler. — Aqui está a prova, um recibo do posto de gasolina de Bend, Oregon.

Tyler estudou o recibo. — Ah, você tem razão... Vejo que esteve mesmo no Oregon e abasteceu logo antes da meia-noite na sexta-feira. Este recibo prova isso. Sacramento fica a mais oito ou nove horas de viagem de lá. Faz sentido. Erro meu.

A expressão de José ficou presunçosa. — Isso mesmo. Trina me telefonou por volta das 10 horas da manhã, acho.

— Foi quando você deu meia-volta para retornar para cá? — perguntou Tyler.

José assentiu.

— José, é uma viagem de quinze horas de Sacramento até aqui. O que você fez, voou?

— E-eu admito que estava em alta velocidade, delegado. Estava em estado de choque.

— 10 da manhã, 11, 12... — Tyler contou as horas nos dedos. — Se você realmente saiu às 10 horas, eu só esperaria vê-lo aqui por volta de 1 hora da manhã. Você deve ter dirigido bem depressa para reduzir o tempo da viagem em quatro ou cinco horas. Sua linha do tempo não faz sentido.

— Ahm... Bom, na verdade, eu estava um pouco ao norte de Sacramento. Desculpe por não ser mais específico. Estou exausto depois de dirigir sem parar. — José olhou para a porta. — Podemos conversar amanhã?

— Acho que devemos conversar sobre isso agora — respondeu Tyler. — Tenho transações em seu cartão de crédito colocando-o no hotel de Shady Creek na noite passada. Estava em dois lugares ao mesmo tempo?

— É claro que não. Deve ser outro José Lombard, um caso de identidade incorreta.

Tyler balançou a cabeça negativamente. — A vigilância do hotel mostra você saindo do prédio por volta de 3 horas desta manhã, vestindo roupas escuras e carregando uma mochila grande. Você entrou em um caminhão branco, que parece muito similar ao de Antônio, diga-se de passagem, e dirigiu para fora do estacionamento.

— Não tenho um caminhão branco. Eu já disse, é outra pessoa. — As palavras de José saíram aos borbotões, como se ele estivesse tentando recuperar o fôlego.

— Não, é você, com certeza. — A voz de Tyler estava calma e comedida. — Você só voltou para o hotel depois das 9 horas da manhã. Mas, quando voltou, seu rosto é claramente reconhecível na câmera de segurança. E voltou vestindo roupas diferentes, sem a mochila com a qual saiu. As roupas eram limpas, sem sangue nem provas da cena do assassinato. Onde jogou fora as roupas ensanguentadas, José?

— O quê? Eu não... Deve haver algum engano. — Ele balançou a cabeça, mas seu rosto brilhava por causa do suor.

— Engano nenhum, José. O gerente do hotel reconheceu você. Disse que costuma se hospedar lá. Disse que, desta vez, você não estava dirigindo o Cadillac. Ele viu você estacionar uma van... Seu caminhão de entregas, suponho. Confirmaremos isso no vídeo de vigilância. O gerente disse que viu você ir embora em um caminhão branco mais tarde, da mesma marca e do mesmo modelo que o de Antônio. A locadora também confirmou que alguém, usando sua carteira de habilitação, alugou uma caminhonete na sexta e devolveu-a esta tarde. Acho que você estava tentando personificar seu irmão.

— Isso é ridículo! Por que eu faria isso? — José o encarou.

— Por que alugar uma caminhonete quando já tinha a van e o Cadillac à disposição? A não ser que quisesse dirigir por aqui sem ser detectado. A não ser que quisesse preparar algumas provas incriminadoras contra seu irmão.

José ficou vermelho. — É mentira! Antônio matou Richard e você sabe disso. Antônio até mesmo ameaçou Richard na sexta. Bem na minha frente e de outras testemunhas, delegado. Pergunte a Cendrine, Pearl ou Trina. Todas elas ouviram Antônio dizer que mataria Richard.

— Uma escolha infeliz de palavras — disse Tyler. — Mas as ameaças de Antônio no calor de uma discussão não provam um assassinato. Preciso de uma explicação para as suas ações.

— Não vou responder a essas acusações sem base nenhuma. Você não tem provas.

Tyler se aproximou alguns passos dele, bloqueando a saída de José. — Tenho provas mais do que suficientes.

O rosto de José ficou vermelho. — Talvez seja melhor eu telefonar para um advogado.

— Provavelmente é uma boa ideia. — Os músculos no maxilar de Tyler enrijeceram.

À medida que Antônio ouvia a acusação de José, ele arregalou os olhos. — Você alguma vez me viu ser violento?

Trina apertou de leve o braço de Antônio e chegou mais perto dele. — Você é o homem mais gentil que conheço. Não faria mal a uma mosca.

José praguejou baixinho. — Por que eu mataria Richard? Eu estava trabalhando com Richard, tentando argumentar com Antônio para vender nossa adega à beira da falência. Eu estava ajudando Richard a evitar a execução da hipoteca, ao mesmo tempo em que conseguia um preço justo pela adega.

— Mentiroso — disse Antônio. — Você queria vendê-la para Desiree, nossa concorrente. Está tudo claro para mim agora. Mamãe e papai ficariam muito decepcionados com você. Vender para alguém que engarrafa misturas baratas de vinho e passa-as como sendo produto de sua propriedade. Depois, matar alguém e tentar colocar a culpa em mim? Agora você foi muito baixo.

— É impossível que eu tenha matado Richard — protestou José. — O porão da adega tem uma trava biométrica. Só a impressão digital de Antônio consegue destravá-la.

— Essa é difícil — comentou Tyler. — É verdade que é muito difícil, se não impossível, enganar um scanner de impressão digital. As impressões digitais são únicas... as chances são de 1 em 64 bilhões de duas pessoas terem impressões digitais idênticas. O que faz com que seja extremamente improvável, especialmente porque só há 8 bilhões de pessoas no mundo. Apesar de você e Antônio serem irmãos, as impressões digitais dos dois são diferentes. É difícil falsificar uma impressão digital. Além das ranhuras visíveis ao olho nu, há outros ressaltos e depressões que só são visíveis sob um microscópio. Os fabricantes levaram tudo isso em conta na segurança do projeto.

— Então por que tudo isto? — José jogou as mãos para o ar.

A expressão de Tyler era neutra. — Porque há outra forma de ignorar o scanner biométrico Uma pessoa com acesso administrativo pode desativar o scanner ao redefinir a trava para a configuração padrão de fábrica.

José franziu a testa. — Como eu faria isso? Não sei absolutamente nada sobre aquela trava de segurança. Nunca encostei nela. Antônio nem mesmo me consultou antes de instalar a trava, apesar de ter nos custado uma pequena fortuna.

— Tudo de que precisa saber está bem aqui. — Ergui o manual de instruções da SecureTech, o que acompanhara minha trava magicamente conjurada e que era exatamente do mesmo modelo da que havia na adega da Vinhos Lombard.

Antônio gritou: — Ei, você achou meu manual de instruções. Onde ele estava?

— Isso não é importante no momento, Antônio — respondi.

Tyler se virou para José. — Antônio não perdeu o manual de instruções da SecureTech. Você encontrou o manual dentro de casa, na cozinha, e leu-o. Você estudou a configuração da trava. Antônio deixou o manual de instruções para você para que lesse e entendesse como a trava funcionava e como configurar seu código e sua impressão digital. Você viu que Antônio escrevera o código de segurança dele dentro do manual. Foi quando você percebeu que poderia incriminar Antônio por matar Richard. O corpo de Richard no porão forneceria um caso praticamente concluído porque ninguém além de Antônio poderia destravar a porta. Pelo menos, foi o que você queria que todos pensassem. Foi por isso que se recusou a ter seu código e também não queria que Trina tivesse um. Tinha que haver apenas uma pessoa com acesso ao porão trancado: seu irmão, Antônio.

— Isso é mentira! — José cruzou os braços.

— Você esperou até um dia em que Antônio estava distraído com alguma coisa do lado de fora quando o porão estava aberto. Foi quando seguiu as instruções no manual para redefinir o leitor de impressão digital biométrico na porta para a configuração padrão de fábrica, que é sem nenhuma impressão digital.

— De acordo com o manual do proprietário, você só precisava que o usuário administrativo, Antônio, abrisse a porta para começar o processo. Depois de aberta, você digitou o código de segurança dele para desativar a opção de leitura da impressão digital. Depois de desativar o scanner, só seria necessário digitar o código de segurança de cinco dígitos para destravar a porta. O recurso de segurança biométrica não estava mais em vigor. Ele não poderia ser ativado até que o usuário inserisse a ferramenta especial, gravasse e armazenasse sua impressão digital novamente.

— Até onde Antônio sabia, a trava estava funcionando normalmente. Ele digitou o código e colocou a impressão digital no leitor. Ele não sabia que você tinha desativado o scanner, portanto, continuou a colocar a impressão digital depois de digitar o código. Ele reclamou do fato de a luz não piscar mais em verde depois de colocar a impressão digital. Ele supôs que a lâmpada tinha queimado. Mas o motivo real de a luz não piscar era porque o leitor biométrico tinha sido desativado.

Tia Pearl perguntou: — Então por que vi Antônio saindo do festival de vinho esta manhã logo depois de Richard? Ele o estava seguindo muito de perto.

— Você viu Richard saindo no conversível dele, sim, mas não Antônio o seguindo. Em vez disso, viu José dirigindo uma caminhonete que parecia igual à de Antônio. José usava um casaco largo para se parecer com o irmão mais velho. Foi fácil confundir os irmãos dentro da cabine de uma caminhonete.

Tia Pearl balançou a cabeça negativamente. — Acha que não consigo distinguir os dois? Não estou ficando louca, delegado.

— Eu sei que não, Pearl. Mas uma câmera de vigilância próxima confirmou que o seu horário era um pouco diferente. O que é compreensível, considerando que você estava fazendo várias coisas ao mesmo tempo. — Tyler ergueu as sobrancelhas. — De acordo com o vigilante da escola, quando ele abriu o ginásio logo antes das 7 horas da manhã, Richard e Desiree já estavam no estacionamento. Eles estavam sentados no Corvette de Richard, esperando para entrar.

— O vigilante destrancou a porta do ginásio, e Richard e Desiree começaram a descarregar o vinho do Corvette, carregando-o para dentro.

— Pouco tempo depois, José chegou, vindo da direção de Shady Creek. Os três conversaram por alguns minutos e saíram do estacionamento em dois veículos: Richard e Desiree no Corvette de Richard, José seguindo-os na caminhonete alugada. Eles foram na direção da Vinhos Lombard. O Corvette de Richard e a caminhonete de José foram capturados pela câmera de segurança do posto de gasolina ao passarem.

Tia Pearl fez uma careta, mas não disse nada.

Tyler acrescentou: — Só José sabe como ele convenceu Richard a segui-lo até a adega. Tinha que ser um motivo importante o bastante para que Richard deixasse o festival. Suponho que Richard achou que era algo que poderia ser feito depressa o suficiente para que voltasse a tempo para o início do festival. Talvez que Antônio tivesse reconsiderado as opções e agora estava disposto a vender a empresa para Desiree.

— Ao chegar na Vinhos Lombard, você convidou Desiree e Richard a descerem até o porão, alegando que Antônio estava lá esperando para discutir se a venda poderia ser concluída antes da execução da hipoteca. Talvez tenha até mesmo prometido uma bela garrafa de vinho para fechar o negócio.

— Por que eu mataria Richard? — perguntou José. — Eu não tinha absolutamente nenhum motivo. Ele estava nos ajudando a sair de nosso buraco financeiro.

Tyler respondeu: — O gerente do hotel de Shady Creek disse que havia mais uma coisa fora do comum quando você chegou no hotel na noite passada. Que você estava sozinho. Normalmente, está com uma mulher loira quando se hospeda lá. E que é você, Desiree LeBlanc.

Desiree soltou uma exclamação. O anel de diamante dela brilhou sob a luz quando sua mão voou para a boca. — Isso é mentira! Nunca estive naquele hotel.

— As filmagens de segurança não mentem, Desiree. A polícia de Shady Creek está analisando as duas últimas semanas de vídeo, mas já encontraram vocês dois juntos lá em cinco ou seis ocasiões.

— Bem, eu não estava lá na noite passada, delegado. Nem hoje. — Desiree se levantou e apontou para Tyler. — Você precisa se concentrar em Antônio. Ele só chegou ao festival de vinho perto das 8h30 da manhã. Isso deu a ele bastante tempo para matar Richard.

— Não, na verdade, ele saiu da adega bem cedo. Antes de Antônio e Trina chegarem ao festival, eles saíram juntos para tomar café da manhã, deixando a Vinhos Lombard por volta das 7 horas da manhã. Mas acho que você já sabia disso, pois José os viu saindo da adega. Quando o lugar estava vazio, ele foi encontrar você e Richard no festival. Você garantiu que Richard chegasse bem cedo, antes que pessoas demais já estivessem lá. Não queria muitas testemunhas. Você e Richard foram até a Lombard, com José logo atrás.

Todos no bar estavam em um silêncio atônito.

— Por que faríamos isso no dia do festival, delegado? Não iríamos simplesmente sair. — Desiree balançou a cabeça como se estivesse com pena de Tyler por ser tão burro.

Tyler respondeu: — José disse a você e Richard que tinha conseguido fazer com que Antônio mudasse de ideia no último minuto. Antônio agora estava disposto a vender para você, Desiree, para evitar a execução da hipoteca. Essa alegação não foi somente para o benefício de Richard, pois você era parte do plano. Você usou um argumento convincente sobre a importância de fechar o negócio imediatamente, antes que Antônio mudasse de ideia novamente.

Desiree riu. — Você tem uma grande imaginação, delegado. Essa é a história mais inacreditável que já ouvi.

Tyler disse: — A médica legista confirmará o horário da morte ao fazer a autópsia na segunda-feira. Porém, com base na temperatura baixa do porão e na condição do corpo de Richard, ele já estava morto havia mais do que apenas alguns minutos. Suponho que pelo menos uma hora. Não era esperado que Antônio voltasse à adega durante todo o dia, mas teve que voltar por causa de circunstâncias imprevistas. O vinho dele acabou.

Tyler olhou penetrantemente para Tia Pearl antes de se virar para José e dizer: — José, você não esperava que Antônio fosse para casa antes do final da tarde. Em vez disso, quase foi pego com a boca na botija. Seu plano era que Antônio descobrisse o corpo de Richard no porão depois do festival. Tudo apontava para Antônio como sendo o assassino: colocar-se na cena do crime, o porão que só ele poderia destravar, a raiva que sentia de Richard e o desespero de perder a empresa, que também era sua casa.

— Depois que José matou Richard, ele saiu da cidade para fugir das suspeitas e para se limpar, mudar de roupa e livrar-se das provas. — Tyler se virou para Desiree. — Enquanto isso, você, Desiree, dirigiu o carro de Richard de volta para o festival e estacionou na mesma vaga. Ainda demoraria algumas horas para o festival iniciar. O vigilante fora embora depois de destrancar o prédio, achando que não teria problemas porque você e Richard já estavam lá dentro. Na verdade, era tão cedo que não havia praticamente mais ninguém. Os poucos expositores que tinham chegado estavam ocupados descarregando e preparando tudo. Eles não notariam nem questionariam se um carro em particular partira por um curto período. A única outra testemunha que viu o Corvette sair foi Pearl West. Pelo jeito, ela tinha chegado muito cedo.

Tia Pearl disse: — Tive que passar a noite lá para guardar um bom lugar no estacionamento. Mas acabei perdendo o lugar por causa das regras idiotas do delegado.

Tyler ignorou o insulto. — Pearl viu o Corvette de Richard sair e supôs que somente Richard estava no interior, pois estava ocupada e não olhou com tanta atenção. Ela também confundiu José, achando que era Antônio. Na verdade, Antônio só chegaria depois de mais de uma hora, após sair do restaurante onde tomara café da manhã com Trina. O recibo do cartão de crédito e outras testemunhas no restaurante corroboram isso.

José ficou de boca aberta. — Antônio tem um álibi?

Tyler assentiu. — Um álibi perfeito.

— Não é verdade — disse Desiree. — O carro de Richard não saiu do estacionamento.

— Não, Desiree. Depois que Richard morreu, você dirigiu o Corvette de volta para o festival. Os outros fornecedores estavam ocupados cuidando do próprio negócio e não notaram carros que iam e vinham. Pearl viu o carro sair, mas não o suficiente para ver quem estava dentro dele. Não tem problema, pois a mesma câmera de vigilância mostra o Corvette retornando. Você até mesmo conseguiu colocar o Corvette exatamente na mesma vaga do estacionamento. Porém, cometeu um erro fatal.

— Tinha começado a chover, o que era um tanto inesperado porque a previsão era de sol. Como Richard esperava que não chovesse, deixou a capota do conversível abaixada.

— Ao primeiro sinal de chuva, o dono de um conversível teria corrido para fora imediatamente e levantado a capota. Mas a pessoa que recolocou o carro no estacionamento não sabia como fazer isso ou nem pensou em fazer. Não é um erro que o dono de um carro esportivo antigo teria cometido.

— Você queria o Corvette naquela vaga sabendo que, mais tarde, os participantes do festival o veriam e lembrariam falsamente de ter visto Richard lá.

Andei até onde Desiree estava parada. — Foi por isso que você inventou desculpas de que Richard estava em algum lugar do festival. Queria que eu pensasse que ele estava lá, pelo menos, durante a manhã. No entanto, já sabia que ele estava morto. Isso porque você era parte disso tudo.

Desiree cruzou os braços. — Não tive nada a ver com isso, além de dizer a Richard que estava disposta a fazer uma oferta pela adega.

— Eu também não estava envolvido — disse José. — Eu queria sair do negócio de vinhos. Por que eu mataria Richard quando ele tinha um comprador para nós? É verdade que eu não queria que a hipoteca fosse executada, mas mesmo isso significaria que eu receberia algum dinheiro. A execução da hipoteca era melhor do que perder tudo. A adega estava perdendo dinheiro.

— Quem disse que seu motivo foi financeiro? — perguntou Tyler.

— O quê? — retrucou José.

— Encontrar um comprador para a adega foi uma mentira, não foi, José? Você queria Richard fora do caminho porque se apaixonou por Desiree. Ela prometeu emprestar o dinheiro para que você comprasse a parte de Antônio. Porém, você recusou a oferta. Por quê? Porque, sob os termos do contrato social da Vinhos Lombard, Antônio poderia fazer uma contra-oferta para comprar a sua parte. Isso terminaria em um impasse, portanto, você precisava de outra forma de fazer com que Antônio desistisse da adega. Ele não teria opção se fosse preso por assassinato.

— Você matou meu pobre Richard — gritou Desiree. — José, você é um monstro.

— Pare de tentar se eximir da culpa, Desiree — disse Tia Pearl. — Você sabe um pouco demais para alegar inocência. Estava furiosa com Richard por ele ter concordado em se reconciliar com Valerie, portanto, passou para José. Não só queria fazer Richard pagar, como queria conseguir a Vinhos Lombard por uma pechincha no processo.

CAPÍTULO 29

O bar estava tão quieto que seria possível ouvir um alfinete cair.

A polícia de Shady Creek estivera aguardando a notificação de Tyler do lado de fora do Ponto do Feitiço. Eles entraram no bar e andaram até ficar ao lado de Tyler.

José praguejou baixinho quando um dos policiais andou na direção dele.

Os olhos de Desiree percorriam o salão freneticamente, esperando que algo ou alguém a resgatasse. O que não aconteceria.

Todos estavam com os celulares nas mãos, tirando fotografias dos fugitivos mais recentes de Westwick Corners.

Tyler encarou José. — Tire as mãos dos bolsos, por favor.

José fez o que ele mandou.

— Você está preso pelo assassinato de Richard Harcourt. — Tyler leu os direitos de José e algemou seus pulsos às costas antes de entregá-lo a um dos policiais de Shady Creek.

— Isso tudo é necessário? — Desiree tentava se soltar da mão firme, porém gentil, de Earl, mas sem sucesso. — Meu advogado pagará a fiança antes mesmo que eu chegue a Shady Creek.

Tyler se virou para Desiree, juntou as mãos dela e algemou-a. —

Você fez com que fosse necessário. Não podemos ter assassinos à solta em Westwick Corners.

Algumas pessoas bateram palmas.

Tyler ergueu a mão e elas rapidamente pararam.

Desiree bateu o pé no chão. — NÃO sou uma assassina! Quantas vezes tenho que dizer isso? José é obcecado por mim. Não posso fazer nada se os homens fazem coisas malucas para ganhar o meu amor. Eu nunca disse a ele para fazer nada. Eu nunca machucaria ninguém, especialmente Richard, o amor da minha vida.

José praguejou baixinho. Ele saltou em direção a Desiree, mas o policial o segurou.

Tia Pearl acenou com o dedo para Desiree. — Você é, no mínimo, tão ruim quanto José porque foi a mentora por trás de tudo isso. Usou José para fazer o que você queria. Você queria ganhar o controle sobre a Vinhos Lombard e livrar-se do seu namorado ao mesmo tempo. Boa sorte em encontrar um advogado, pois ninguém na cidade representará você.

A Mamãe puxou a manga de Tia Pearl. — Westwick Corners não tem nenhum advogado.

Tia Pearl puxou o braço. — É porque não precisamos deles, Ruby. Nós mesmos fazemos justiça nesta cidade.

Tyler franziu a testa. — Fazer justiça é o meu trabalho, Pearl.

Tia Pearl o ignorou. — Não toleramos criminosos aqui, Desiree. Pois é isso que você é. A única luz do dia que verá será no pátio de exercícios da prisão.

Tyler se virou para Tia Pearl. A boca dele se curvou ligeiramente em um sorriso. — Pela primeira vez, nós concordamos.

— Você finalmente fez o seu trabalho, delegado — retrucou Tia Pearl. — Acho que ainda há esperança para você.

Tyler sorriu. — Obrigado pelo elogio, Pearl.

— Ah... Mais uma coisa. Tenho uma coisa para dar a você, delegado. — Tia Pearl vasculhou o bolso e tirou uma chave grande. — É a chave da cidade. Obrigada pelo seu trabalho.

— Uau... Pearl, obrigado. — Tyler franziu a testa. — Esta não é uma honra normalmente dada ao prefeito?

Tia Pearl emitiu um som de desprezo. — Você acha que ele manda em alguma coisa? Não, ele é só um enfeite. Nada acontece nesta cidade sem o meu selo de aprovação.

Tyler riu. — Só estou feliz por ter solucionado o assassinato de Richard e tirado dois assassinos das ruas.

Tia Pearl fez uma careta. — Não leve todo o crédito, delegado. Não teria conseguido sem Cen e eu. Nós resolvemos o caso.

— Nós resolvemos? Foi a primeira vez em que Tia Pearl me deu crédito por alguma coisa. Foi um elogio torto, mas aceito.

O SOL se punha enquanto eu estava parada do lado de fora do Ponto do Feitiço. Estremeci com a brisa fria, desejando ter vestido o casaco. Observei José e Desiree sendo levados, um em cada carro da polícia de Shady Creek. Primeiro, José foi colocado em um dos carros. Ele nos encarou friamente do banco de trás enquanto o carro se encaminhava rapidamente para a estrada.

Um policial uniformizado colocou a mão sobre a cabeça de Desiree para protegê-la ao levá-la para a parte de trás do segundo carro da polícia. Fiquei assustada ao pensar em como um homem inocente fora incriminado tão facilmente por assassinato. Por sorte, os assassinos de Richard tinham sido pegos e logo enfrentariam a justiça.

Também fiquei aliviada pelo fato de o festival do vinho ter terminado e só acontecer novamente dali a um ano. Havia muito drama todos os anos, porém, agora com Desiree fora dali, poderia voltar a ser apenas um evento divertido em uma cidade pequena.

Apesar de tudo o que acontecera, o festival do vinho continuava, exceto pelo fiasco do julgamento. Muitos fornecedores tinham informado mais vendas do que nos anos anteriores.

A ausência de Richard provara que, afinal de contas, ele não era indispensável.

E Desiree não concorreria novamente nas competições de vinho por muito tempo.

Soltei um suspiro e senti toda a tensão do dia finalmente deixar meu corpo. Fora um dia incrivelmente agitado... e trágico. Nada acontecera de acordo com o planejado.

Porém, o dia ainda não parecia totalmente completo. Alguma coisa me incomodava no subconsciente. Não havia mais alguma que deveria acontecer?

Ah, sim. A surpresa de Tyler.

Obviamente, aqueles planos não iriam adiante agora. Apesar de o crime ter sido solucionado e os culpados presos, o caso não terminaria ainda. Havia acusações a serem feitas, papelada a ser preenchida e interrogatórios a fazer. Tyler iria em breve para Shady Creek para acabar com quaisquer pendências. Eu provavelmente só o veria um ou dois dias depois.

Minha surpresa teria que esperar.

Olhei para Antônio, que estava ao lado de Trina segurando a mão dela.

Os dois ainda estavam sob os efeitos do feitiço de Tia Pearl ou era amor de verdade?

Tia Pearl cutucou meu braço e sussurrou: — Alguns feitiços não devem ser quebrados, Cen. Nem tente.

CAPÍTULO 30

*E*ra uma manhã fria e ensolarada quando cheguei ao hotel da família. A Mamãe estava esperando-me do lado de fora, nos degraus da entrada.

Ela tinha me pedido para ir até lá imediatamente porque precisava de uma ajuda urgente. Normalmente, ela era autossuficiente, portanto, larguei o que eu estava fazendo e corri para casa para ajudá-la.

— Por que está toda arrumada? — Eu a estudei de cima abaixo, desconfiada.

— Não estou toda arrumada — retrucou ela. — São só roupas de jardinagem velhas.

Balancei a cabeça negativamente. — Ninguém faz jardinagem vestindo linho. E certamente não linho branco.

Ela fez um gesto de indiferença com a mão. — Quem se importa? Vou cuidar do jardim vestindo linho, se quiser. De qualquer forma, não importa o que estou vestindo. Apresse-se ou chegaremos tarde demais.

— Tarde demais para o quê?

Ela não respondeu, mas segurou minha mão com força. Ela me

puxou com uma força surpreendente pelo caminho em direção à lateral da casa.

A Mamãe nunca usava saia e quase nunca usava maquiagem. Ela parecia vestida para uma festa, apesar de eu não me lembrar de termos feito planos de ir a algum lugar. — Ahm... Não podemos chegar tarde demais para essa coisa no jardim com a qual preciso de ajuda.

Àquelas alturas, ela estava praticamente arrastando-me. Andei mais depressa para que ela parasse de apertar meu braço.

A Mamãe praticamente administrava o hotel sozinha. Ela não delegava muitas tarefas, portanto, eu estava curiosa sobre a tarefa que pretendia me delegar. As plantas morriam quando eu cuidava delas, além de não saber diferenciar entre uma planta perene de uma erva daninha. Por que uma bruxa com dedo verde precisava da minha ajuda era um mistério.

Estudei com mais atenção a roupa da Mamãe enquanto andávamos pelo caminho de pedras que acompanhava a frente da casa. A camisa de linho branco e a saia de linho bege eram peças de grife. Além de serem totalmente inadequadas para a tarefa de jardinagem, eram caras. Nos pés, ela calçava sandálias abertas com motivo floral.

Sandálias de verão bonitas que eu nunca vira antes.

Ela obviamente as comprara roupas recentemente, pois calçávamos o mesmo número e eu nunca vira aquelas sandálias nas vezes em que vasculhara o guarda-roupas dela. Imediatamente, fiquei desconfiada.

— O que exatamente quer que eu faça?

— Você verá em breve. — A Mamãe apressou o passo.

Ao passarmos pelo estacionamento, vi o carro esportivo de Brayden em um dos cantos. Ele estava estacionado de forma torta, ocupando duas vagas, no modo normal de Brayden. Meus ombros caíram ligeiramente quando pensei em ver meu ex-noivo egocêntrico. Brayden, que era prefeito e chefe de Tyler, não tinha motivos para estar ali. Nós nos evitávamos o máximo possível, portanto, ele provavelmente fora forçado a estar ali.

— Mamãe?

Ela apertou meu braço um pouco mais e não respondeu.

— O que está acontecendo?

— Você verá. — A Mamãe me lançou um sorriso enigmático.

Eu não gostava de surpresas, especialmente se envolvessem meu ex-namorado. Mas a Mamãe já sabia disso. O que ela estava aprontando?

Ao virarmos a esquina para o jardim de trás, notei as fitas de papel crepom branco penduradas no teto do caramanchão. Diretamente à frente do nosso caminho, havia um arco de cerca de três metros de altura feito de balões cor-de-rosa, no tom exato das rosas que rodeavam o caramanchão.

Virei-me para a Mamãe, alarmada: — Alguém vai se casar?

— Shhh. — Ela colocou um dedo sobre a boca e puxou-me para mais perto no momento em que uma harpa começou a tocar uma música muito familiar. A melodia era linda e, ao mesmo tempo, assustadora.

Olhei para o palco e fiquei surpresa ao ver Lacey Ratcliffe. Eu não sabia que ela tocava algum instrumento musical, menos ainda uma harpa.

Depois de alguns inícios falsos, ela entrou no ritmo. Era uma música que eu conhecia muito bem.

Lá vem a noiva,

Lá vem a noiva,

Subitamente, a música parou, pois alguém desligou a energia.

— Mamãe! O que está acontecendo? — Notei que havia pessoas, cerca de duas dúzias delas, vestidas formalmente e olhando para nós. Minha voz saiu mais alta do que eu pretendia, soando dura contra a melodia suave da harpa. Senti os olhares de todos sobre mim e percebi que era a única vestida casualmente, com calça *jeans* e uma camiseta. Meu corpo inteiro ficou quente de vergonha. Era obviamente um evento formal e minha roupa não era nada adequada. Senti como se estivesse nua e tive vontade de me esconder embaixo do caramanchão.

A julgar pelas fileiras de cadeiras que flanqueavam o arco de balões, eu estava em um casamento.

Ver Brayden na primeira fileira confirmou meu medo. Ele vestia o mesmo terno escuro que comprara para o nosso casamento. Nosso relacionamento não dera certo, mas o terno certamente fora útil. Brayden o vestia em todos os casamentos, funerais e ocasiões formais. Como prefeito, ele frequentemente oficiava casamentos. Claramente, aquele era um deles.

Não tínhamos hóspedes no hotel e eu não sabia de ninguém na cidade que estivesse pronto para se casar. Eu certamente não recebera nenhum convite de casamento. Portanto, quem iria se casar?

Engoli em seco.

Não podia ser.

Não.

Claro que não era o meu casamento. Eu não aceitara me casar com ninguém. Tyler e eu tínhamos conversado sobre casamento um dia, mas apenas em termos gerais. Nós dois queríamos algo simples, nada como aquela situação sofisticada.

Casamentos forçados eram um vestígio de um passado distante. Tyler era progressista demais para isso.

Além do mais, nem estávamos noivos ainda!

Virei-me para a Mamãe em busca de algumas respostas, mas ela não estava mais ao meu lado. Observei a multidão, mas, com as pessoas andando de um lado para o outro, era difícil ter uma visão clara do jardim inteiro. Para onde ela fora e por que me abandonara ali? E por que ela não me dissera o que vestir para evitar aquele constrangimento todo? Uma sensação de medo surgiu na boca do meu estômago.

Por que eu era a única que não sabia sobre o casamento que estava prestes a acontecer?

Eu estava procurando uma forma de escapar sem ser vista quando meu olhar encontrou o de Brayden. Ele sorriu e deu uma piscadela.

Tia Pearl subitamente se materializou ao meu lado. — Cendrine! Já era mais do que hora de chegar aqui. Espero que não estivesse perdendo tempo escrevendo naquele seu jornal idiota. Todos já sabem do que aconteceu com Richard, portanto, não adianta nada fazer uma reportagem sobre isso.

— Eu não estava... — Parei no meio da frase, pois não queria iniciar uma discussão. — Este é... um casamento forçado?

Ela estreitou os olhos. — Um casamento forçado? Do que você está falando?

— Ouvi aquela música de casamento e pensei...

Tia Pearl emitiu um som de desprezo. — Ah, isso. Não, é porque Lacey está treinando harpa e só sabe poucas músicas. Você demorou uma vida para chegar até aqui e ela tinha que distrair todo mundo enquanto a esperávamos.

— Ah, que alívio! Vi Brayden e, quando ouvi a música da harpa...

— Qual é o problema com música de harpa? — interrompeu Tia Pearl. — Foi boa o suficiente para Maria Antonieta e é boa o suficiente para você. Tudo tem que ser sobre você, não é, Cen?

— Eu não quis dizer que não era...

— Lacey vem praticando há semanas. — Tia Pearl gritou tão alto que meus ouvidos doeram: — Lacey! Toque aquela música!

A versão de Lacey de Greensleeves pareceu flutuar na brisa. Fiquei hipnotizada pela bela música, mas ainda não fazia a menor ideia do que estava acontecendo.

Eu queria fazer mais perguntas a Tia Pearl, mas tinha medo das respostas. Em vez disso, resolvi aproveitar o momento.

Naquele momento, Tyler surgiu ao meu lado vestindo uma calça caqui e uma camisa de golfe. Fiquei feliz ao ver que ele estava vestido tão casualmente quanto eu.

Tia Pearl apertou meu cotovelo com mais força do que o necessário e conduziu-me para o lado do caramanchão, onde a Mamãe agora estava. Tyler nos seguiu.

— Ahem. — Tia Pearl soltou meu braço e virou-se para me encarar com expressão solene. — Ainda bem que investi tanto tempo para ensinar a você tudo o que sei, mesmo que não tenha absorvido muito. Pareceu um esforço desperdiçado por muito tempo, mas finalmente, finalmente... se pagou.

— Excesso de informações — disse eu, sem saber aonde ela queria chegar.

— Bom, continue tentando, Cen. Talvez, se você se esforçar mais, conseguirá ser tão boa quanto eu algum dia. Milagres acontecem.

— Obrigada, Tia Pearl, é um belo elogio. — Eu queria soar sarcástica, mas não foi assim que pareceu.

Fiquei feliz por isso porque o que aconteceu a seguir me deixou surpresa.

— Ahem... ahm... — Tia Pearl pigarreou e rapidamente se virou.

Mas não antes que eu visse as lágrimas encherem seus olhos. Ela cantarolou por um minuto e, em seguida, respirou fundo várias vezes antes de pigarrear novamente.

— Ahem!

Ela pestanejou para afastar as lágrimas.

— Parabéns, Cendrine West! Você foi promovida a Bruxa Sênior! — Tia Pearl tirou um papel enrolado que tinha no bolso do casaco. Ele estava amarrado com uma fita dourada. — Eu pretendia dar isso a você mais tarde, mas agora é um momento tão bom quanto qualquer outro, acho.

O lábio inferior dela tremeu quando ela enfiou o diploma na minha mão. — Tome.

Desamarrei cuidadosamente a fita dourada e desenrolei o papel. Era um diploma. Meu nome estava escrito em letras pretas chiques:

CENDRINE WEST
atingiu a designação de
BRUXA SÊNIOR
ao concluir os materiais de estudo necessários e atingir uma nota de aprovação em
FEITIÇARIA E BRUXARIA na
ESCOLA DE ENCANTAMENTO DE PEARL.

. . .

A ASSINATURA em tinta dourada mostrava PEARL WEST em letras gigantes.

Apertei os olhos para ler a frase em letras minúsculas itálicas na parte inferior: *A Escola de Encantamento de Pearl é uma academia credenciada de bruxaria autorizada pela WICCA, a Associação Internacional de Bruxas.*

— OBRIGADA, Tia Pearl. Tive a melhor professora de todas. — Parte de mim estava feliz por finalmente atingir o passo seguinte como bruxa e ter Tia Pearl reconhecendo minhas habilidades.

Outra parte de mim sabia que eu atingira as qualificações de Bruxa Sênior algum tempo atrás.

De qualquer forma, era incrível receber meu diploma da Escola de Encantamento de Pearl e ter Tia Pearl reconhecer que meus poderes sobrenaturais crescentes excediam o de uma bruxa júnior.

Obviamente, eu sabia que, algum tempo antes, tinha dominado meus feitiços e praticava como uma bruxa totalmente competente. Também sabia que era melhor não dizer nada. Era óbvio para nós duas que, em alguns casos, meus poderes tinham superado os de Tia Pearl.

Era melhor manter alguns segredos guardados sob sete chaves.

— Escute, o *merlot* tinto *Witching Hour* pode ter ganhado o Melhor Vinho Novo e o Vinho do Ano, mas há um vinho que é ainda melhor — disse Tyler.

— A Mamãe ganhou de forma justa — protestei. Por que ele estava insultando o vinho da Mamãe?

Tyler apontou para o corrimão do caramanchão, onde uma garrafa gelada de vinho branco estava dentro de um balde de gelo, rodeada por 4 taças de vinho. — Posso apresentar a oferta mais recente da Vinhedo Westwick? É tão novo que perdeu o prazo de inscrição para o festival. É um *chardonnay Enfeitiçado*, criado especialmente para nossa bruxa sênior recém-formada.

Minha mão voou para o peito e virei-me para a Mamãe. — Você criou esse vinho só para mim?

Ela balançou a cabeça negativamente. — Eu não. Tyler o criou com uma ajudinha minha e de Antônio. Foi por isso que Antônio ficou um pouco para trás. Ele estava nos ajudando a terminar o vinho a tempo.

— Era essa a surpresa. — Tyler tirou a rolha do vinho e serviu uma taça para cada um de nós.

Tia Pearl acrescentou: — Agora posso revelar minha missão secreta, Cen. Estive ocupada organizando esta ocasião especial para você. É sua cerimônia de bruxa sênior!

Fiquei emocionada. — Tia Pearl, isso é tão legal! Você teve todo esse trabalho por mim?

Ela colocou um dedo sobre os lábios. — Sabe que não podemos dizer às pessoas que você é uma bruxa, portanto, disfarcei a cerimônia como um casamento falso. Assim, você ainda pode ter uma grande festa. Terá que se casar falsamente e tudo o mais, claro...

Tyler riu. — Eu me casarei falsamente com você em qualquer dia, Cendrine West. Concorda que eu seja seu marido falso?

— Sim.

GOSTOU DE "HORA DE BRUXARIA"?

OBTENHA o próximo livro da série, *Witching for Love on Valentines Day*

OUTRAS OBRAS DE COLLEEN CROSS

Boletim informativo de novos lançamentos
http://eepurl.com/c0jHW1

Série de Aventuras de Suspense e Mistério com a Investigadora Katerina Carter
Saída Estratégica
Teoria dos Jogos
Fórmula Mortal
Greenwashing : A Farsa Verde
A Farsa Vermelha : uma curta história

Série Mistérios das Bruxas de Westwick
Que Bruxaria é Essa?
Bruxas aos Farrapos
Bruxas e Famosas
Bruxarias de Natal
Hora de Bruxaria

www.ingramcontent.com/pod-product-compliance
Lightning Source LLC
Chambersburg PA
CBHW051226210726
48290CB00003B/827

* 9 7 8 1 7 7 8 6 6 0 3 5 1 *